Das Geheimnis der Gerrard Street
und andere seltsame Geschichten

Thomas M. Meine (Ü/Hg.)

Das Geheimnis der Gerrard Street und andere seltsame Geschichten

Nach dem Buch
*The Gerrard Street Mystery
and Other Weird Tales*

von John Charles Dent

erschienen im Jahre 1888
bei Rose Publishing Company, Toronto, Kanada

Bibliografische Information der Deutschen Nationalbibliothek
Die Deutsche Nationalbibliothek verzeichnet diese Publikation in der
Deutschen Nationalbibliografie; detaillierte bibliografische Daten
sind im Internet über http://dnb.dnb.de abrufbar.

Herstellung und Verlag:
BoD – Books on Demand, Norderstedt
Juni 2023
ISBN: 9 783746 016764

INHALT / KAPITEL

Einleitende Worte zum Autor
(aus dem Originalbuch mit Anmerkungen)

John Charles Dent, der Autor der folgenden bemerkenswerten Geschichten, wurde 1841 in Kendal, Westmorland, England, geboren. Seine Eltern wanderten kurz nach diesem Ereignis nach Kanada aus und brachten natürlich den Jungen mit, der später ein bekannter kanadischer Schriftsteller und Historiker werden sollte.

Mr. Dent erhielt seine Grundausbildung in kanadischen Schulen, studierte anschließend Jura und wurde zu gegebener Zeit Mitglied der Upper Canada Bar [zugelassener Anwalt in Ontario], praktizierte aber nur einige Jahre lang.

Diesen Beruf fand er zwar einträglich, aber unangenehm – wie es in einem finsteren kanadischen Dorf vor zwanzig Jahren nicht anders sein konnte – [Kommentar aus dem Jahr 1888] und sehr wahrscheinlich hegte er bereits ehrgeizige Träume von einer literarischen Tätigkeit, die er im literarischen Zentrum der Welt, in London, beginnen wollte. Deshalb gab er seine Praxis auf, sobald er sich dazu in der Lage sah, und ging nach England.

Er hatte seine Kräfte nicht falsch eingeschätzt, wie es zu viele unter ähnlichen Umständen tun. Er fand bald eine einträgliche literarische Arbeit, und als er bekannter war, wurde er als Autor für mehrere hochkarätige Zeitschriften engagiert, insbesondere für *Once a Week* [Einmal in der Woche], für die er eine Reihe von Artikeln über interessante Themen schrieb.

In England verfasste Mr. Dent jedoch kein besonders langes oder anspruchsvolles Werk. Vielleicht war er der Meinung, dass er die für ein solches Unternehmen erforderliche Zeit nicht aufbringen konnte. Zu dieser Zeit hatte er bereits eine Frau und eine Familie, die von ihm abhängig waren, und es spricht für seine Fähigkeiten, dass er in der Lage war, sie aus den Gewinnen, die er allein aus seiner literarischen Arbeit erzielte, reichlich zu versorgen. Aber dazu musste er sich natürlich Arbeiten widmen, die sich leicht und schnell absetzen und verkaufen ließen.

Nachdem er mehrere Jahre in England verbracht hatte, ging Mr. Dent mit seiner Familie nach Amerika. Dort erhielt er eine Stelle in Boston, die er etwa zwei Jahre lang innehatte. Schließlich gab er sie auf und kam nach Toronto, wo er eine Aufgabe in der Redaktion des Magazins *Telegram* annahm, das damals gerade gegründet wurde.

Mehrere Jahre lang widmete sich Mr. Dent dann der journalistischen Arbeit für verschiedene Zeitungen, vor allem aber für den *Toronto Weekly Globe*. Für diese Zeitschrift verfasste er eine sehr bemerkenswerte Reihe von biografischen Skizzen über *Eminent Canadians* [bedeutende Kanadier].

Kurz nach dem Tod von George Brown trennte er seine Verbindung zum *Globe* und begann unmittelbar danach mit der Arbeit seinem ersten ehrgeizigen Projekt, *The Canadian Portrait Gallery* [Kanadische Porträtgalerie], die vier große Bände umfasst. Es erwies sich als eine höchst anerkennenswerte und erfolgreiche Leistung.

Natürlich kann in ein paar kurzen Worten keine detaillierte Kritik an diesem oder den nachfolgenden Werken versucht werden. Es genügt, zu sagen, dass die Biografien von lebenden und verstorbenen kanadischen Persönlichkeiten des öffentlichen Lebens sorgfältig vorbereitet und von einem unparteiischen Standpunkt aus geschrieben wurden.

In diesem Buch wurde nicht gekleckert, sondern geklotzt: Jede Person, die eine nationale Bedeutung erreicht hatte, wurde aufgenommen, und die Biografien sind daher für den Studenten der kanadischen Geschichte von Wichtigkeit.

Das Werk verdiente und erreichte eine beträchtliche Auflage und brachte seinem Autor eine vergleichsweise große Geldsumme ein.

Das zweite Buch von Mr. Dent war *The Last Forty Years: Canada since the Union of 1841* [Die letzten vierzig Jahre: Kanada seit der Union von 1841]. Dieses Werk wurde von allen Seiten hoch gelobt und ist in jeder Hinsicht eine Anerkennung für die wirklich brillanten Fähigkeiten seines Autors als literarischer Künstler.

Das dritte Werk war *History of the Rebellion in Upper Canada* [Geschichte der Rebellion in Oberkanada]. Dieses Werk hatte das Pech, unverdientermaßen heftiger Kritik ausgesetzt zu sein, obwohl es in bester Manier, mit größtmöglicher Sorgfalt und auf der Grundlage authentischer, bisher nicht zugänglicher Informationsquellen verfasst worden war.

Als Mr. Dent seine Studien für das Buch begann, schätzte er William-Lyon Mackenzie* sehr, aber er fand es später notwendig, seine Meinung zu ändern.

[* William Lyon Mackenzie (* 12. März 1795 in Dundee, Schottland; † 28. August 1861 in Toronto) war ein schottisch-kanadischer Politiker und 1834 erster Bürgermeister Torontos. Während des Oberkanada-Widerstandes 1837 spielte Mackenzie als Anführer eine wichtige Rolle]

Er war in der Lage, ein neues Licht auf die Charaktere der Männer zu werfen, die an dem Kampf teilgenommen hatten, und wenn die Fakten dazu tendierten, den guten Ruf einiger von ihnen zu verdunkeln, sollte der Historiker dafür sicherlich nicht getadelt werden.

Die Tendenz des Buches war entschieden gegen die Vorstellungen, die bis heute von den Anhängern des *Old Family Compact* [eine kleine geschlossene Gruppe von Männern, die große Macht im politischen, juristischen und wirtschaftlichen Umfeld hatten] auf der einen Seite und auch von den Freunden und Bewunderern William Lyon Mackenzies auf der anderen Seite vertreten werden.

Dennoch, die heftige Kritik, der das Werk ausgesetzt war, hat es stärker gemacht als zuvor, und es wird zweifellos als die bei Weitem beste Geschichte der 'Rebellion' gelten, die je erschienen ist.

Neben diesen wichtigen Werken, die seinen Ruf als Schriftsteller begründen, hat Mr. Dent von Zeit zu Zeit zahlreiche Studien, Essays und Geschichten verfasst, von denen einige äußerst interessant und erhaltenswert sind.

Alle Werke von Mr. Dent haben ihren eigenen Charme:

Beim Schreiben über Geschichtliches war er im Einklang mit Macaulay. Er war immer der Meinung, dass man die Ereignisse des wahren Lebens, ob privat oder politisch, so gestalten kann, dass sie, ohne Beeinträchtigung der Genauigkeit, das gleiche Interesse wecken können, wie eine fiktive Aneinanderreihung von Fakten. Er meinte, die Kette der Ereignisse, welche die Historie ausmachen, können so fein und anmutig gewebt sein, wie jede Erzählung der Fantasie.

Auf der Grundlage dieser Theorie hat er die kanadische Geschichte zu einer sehr interessanten Lektüre gemacht. Neben Mr. Parkman ist er meines Erachtens der einzige Historiker, dem es gelungen ist, kanadische Ereignisse, die im Detail so trocken sind, durchweg faszinierend darzustellen.

Privat habe ich Mr. Dent als einen äußerst schätzenswerten Mann kennengelernt. Er besaß Qualitäten des Geistes und des Herzens, die sich in einer höflichen, freundlichen Art äußerten, die ihn bei seinen Freunden sehr beliebt machte.

Bei allem Reichtum an Gelehrsamkeit, die sehr groß war, blieb er unbeschwert, witzig und kameradschaftlich, und sein früher Tod hinterlässt eine Lücke, die nicht so leicht zu schließen ist.

Die vier Geschichten, aus denen der vorliegende Band besteht, wurden von ihrem Autor in größeren Abständen für verschiedene Zeitschriften verfasst. Einige Zeit vor seinem Tod zog er in Erwägung, sie in Buchform zu veröffentlichen, und hat sie zu diesem Zweck ausgewählt und sorgfältig überarbeitet. Er war der Meinung, dass sie es wert waren, vor der Vergessenheit gerettet zu werden, und wenn wir sie mit vielen ähnlichen Werken vergleichen, die ständig in der Presse erscheinen, können wir nicht glauben, dass sein Urteil falsch war.

Sie werden nun in Übereinstimmung mit seinem Wunsch veröffentlicht, um ihre Chancen in der großen Welt der Literatur zu nutzen.

R. W. D. (Rose Publishing Company)
TORONTO, 25. Oktober 1888.

Das Geheimnis der Gerrard Street

I.

Mein Name ist William Francis Furlong. Von Beruf bin ich Kommissionshändler, und mein Geschäft befindet sich in der St. Paul Street in der Stadt Montreal. Bereits kurz nachdem ich im Jahr 1862 meine Cousine Alice Playter aus Toronto geheiratet habe, bin ich nach Montreal gezogen. Mein Name mag der heutigen Generation von Torontoern nicht geläufig sein, obwohl ich in Toronto geboren wurde und die ersten Jahre meines Lebens dort verbracht habe.

Seit den Tagen meiner Jugend waren meine Besuche in der Upper Province selten und – mit einer Ausnahme – auch sehr kurz, sodass ich zweifellos aus dem Gedächtnis vieler Menschen verschwunden bin, mit denen ich einst eng befreundet war. Dennoch gibt es einige Einwohner von Toronto, die ich heute zu meinen engsten persönlichen Freunden zählen darf. Es gibt auch eine ganze Reihe von Personen mittleren Alters, nicht nur in Toronto, sondern hier und da in verschiedenen Teilen Ontarios verstreut, die keine Schwierigkeiten haben werden, sich an meinen Namen als den eines ihrer Mitstudenten am Upper Canada College zu erinnern.

Der Name meines verstorbenen Onkels, Richard Yardington, ist natürlich allen alten Einwohnern von Toronto, wo er die letzten zweiunddreißig Jahre seines Lebens verbrachte, gut bekannt. Er ließ sich dort im Jahr 1829 nieder, als der Ort noch Little York genannt wurde, und eröffnete ein kleines Geschäft in der Yonge Street. Seine geschäftliche Laufbahn verlief danach recht erfolgreich.

Nach und nach wurde aus dem kleinen Laden ein für damalige Verhältnisse beachtliches Unternehmen, und im Laufe der Jahre entwickelte mein Onkel eine gewisse geschäftliche Kompetenz. 1854 hatte er sich dann ganz aus dem Geschäft zurückgezogen. Von diesem Zeitpunkt an, bis zu seinem Tod, lebte er in seinem eigenen Haus in der Gerrard Street.

Nach reiflicher Überlegung habe ich mich entschlossen, der kanadischen Öffentlichkeit einen Bericht über einige recht merkwürdige Umstände im Zusammenhang mit meinem Aufenthalt in Toronto zu geben. Obwohl ich wiederholt dazu gedrängt wurde, habe ich bisher davon abgesehen, diese Umstände einer breiteren Öffentlichkeit bekannt zu machen, da ich nicht so recht erkennen konnte, dass damit ein Nutzen verbunden wäre.

Die einzige Person, deren Ruf durch die Einzelheiten in Mitleidenschaft gezogen werden kann, ist seit einigen Jahren tot. Er hat niemanden hinterlassen, dessen Gefühle durch die Enthüllung verletzt werden könnten, und die Geschichte ist an sich schon bemerkenswert genug, um der Erzählung wert zu sein. Das einzige fiktive Element, das in die Erzählung einfließt, ist der Name dieser bestimmten Person, die am unmittelbarsten betroffen ist.

Als er einst seinen Wohnsitz in Toronto genommen hatte – oder besser gesagt in Little York, wie es damals noch hieß – war mein Onkel Richard Witwer und kinderlos; seine Frau war einige Monate zuvor gestorben. Seine einzigen Verwandten diesseits des Atlantiks waren zwei unverheiratete Schwestern, die ein paar Jahre jünger waren als er selbst. Er ging nie eine zweite Ehe ein, und für einige

Zeit, nachdem die Schwestern hier angekommen waren, lebten sie in seinem Haus, da sie auf seine Unterstützung angewiesen waren.

Nach ein paar Jahren heirateten beide und ließen sich in ihren eigenen Häusern nieder. Die ältere der beiden war später meine Mutter. Sie wurde zur Witwe, als ich noch ein kleiner Junge war, und überlebte meinen Vater nur um wenige Monate. Ich war ein Einzelkind, und da meine Eltern in bescheidenen Verhältnissen lebten, fiel die Verantwortung für meinen Unterhalt meinem Onkel zu, dem ich die Erziehung verdanke, die ich erhalten habe.

Nachdem er mich mehrere Jahre lang zur Schule und zum Studium geschickt hatte, nahm er mich in sein Geschäft auf und gab mir einen ersten Einblick in das kommerzielle Leben. Ich wohnte bei ihm und erfuhr damals, wie auch später, die Freundlichkeit eines Vaters von ihm, als den ich ihn schließlich fast betrachtete.

Seine jüngste Schwester, die mit einem Uhrmacher namens Elias Playter verheiratet war, lebte von ihrer Heirat an bis zu ihrem Tod im Jahr 1846 in Quebec. Ihr Ehemann war geschäftlich erfolglos und hatte darüber hinaus ausschweifende Gewohnheiten. Sie hinterließ ein Kind – eine Tochter – und da mein Onkel nicht wollte, dass das Kind seiner Schwester in der Obhut einer Person blieb, die nicht in der Lage war, für sein Wohlergehen zu sorgen, schlug er vor, das kleine Mädchen als sein eigenes zu adoptieren.

Diesem Vorschlag stimmte Herr Elias Playter bereitwillig zu, und die kleine Alice war bald bei ihrem Onkel und mir in Toronto zu Hause.

15

Da wir unter demselben Dach aufgewachsen sind und uns jeden Tag unseres Lebens gesehen haben, entstand zwischen meiner Cousine Alice und mir zunächst eine kindliche Zuneigung. Im Laufe der Jahre reifte diese Verbundenheit zu einer zärtlichen Hingabe, die schließlich zu einer Verlobung zwischen uns führte.

Unsere Verlobung wurde mit der vollen und herzlichen Zustimmung meines Onkels geschlossen, der das Vorurteil vieler Menschen gegen Ehen zwischen Cousins und Cousinen nicht teilte. Er legte jedoch fest, dass unsere Heirat aufgeschoben werden sollte, bis ich etwas mehr von der Welt gesehen hatte und bis wir beide ein Alter erreicht hatten, in dem man davon ausgehen konnte, dass wir unseren eigenen Absichten genau verstanden.

Sein Wunsch war nicht unnatürlich, dass ich, bevor ich die Verantwortung für die Ehe auf mich nehmen würde, den Beweis erbringen sollte, dass ich in der Lage war, für eine Frau zu sorgen und andere Eventualitäten im Griff haben würde, die normalerweise mit einer Ehe einhergehen.

Er machte keinen Hehl aus seiner Absicht, sein Vermögen nach seinem Tod zwischen Alice und mir aufzuteilen, und die Tatsache, dass im Falle unserer Heirat keine wirkliche Aufteilung erforderlich sein würde, war zweifellos ein weiterer Grund für seine bereitwillige Zustimmung zu unserer Verlobung.

Er war jedoch von kräftiger Konstitution, in allen seinen Gewohnheiten sehr regelmäßig und methodisch, und er würde wahrscheinlich bis ins hohe Alter leben.

Man konnte ihn kaum als sparsam bezeichnen, aber wie die meisten Männer, die sich erfolgreich durchs Leben gekämpft haben, war er eher autoritätsliebend und wenig geneigt, sich seines Vermögens zu entledigen, bis er dafür keinen Gebrauch mehr haben würde.

Er erklärte sich bereit, mich entweder in Toronto oder anderswo im Geschäft zu etablieren und mir seine Erfahrung in allen Handelsgeschäften zugutekommen zu lassen. Als es so weit war, hatte ich gerade mein einundzwanzigstes Lebensjahr vollendet, meine Cousine war drei Jahre jünger. Seit der Pensionierung meines Onkels hatte ich mich auf eigene Rechnung mit ein oder zwei kleinen Transaktionen beschäftigt, die sich als recht erfolgreich erwiesen, aber ich hatte mich noch keiner regelmäßigen oder festen Beschäftigung gewidmet.

Jedoch, noch bevor ich eine endgültige Entscheidung über meinen weiteren Lebensweg getroffen hatte, trat ein Umstand ein, der mir einen Weg zu eröffnen schien, das kaufmännische Talent, das ich besaß, sinnvoll zu nutzen. Ein alter Freund meines Onkels kam aus Melbourne, Australien, wo er sich im Laufe einiger Jahre vom jungen Angestellten zum Seniorpartner in einem bekannten Handelshaus hochgearbeitet hatte, zu Besuch nach Toronto. Er beschrieb seine neue Heimat in leuchtenden Farben und versicherte meinem Onkel und mir, dass es ein einladendes Feld für einen jungen Mann mit Energie und Geschäftssinn sei, vor allem, wenn er bereits über ein kleines Kapital verfügt.

Die Angelegenheit wurde in unserem häuslichen Kreis sorgfältig erörtert. Ich war von Natur aus gegen eine Trennung von Alice, aber meine Vorstellungskraft wurde durch Mr. Redpaths glühenden Bericht über seinen eigenen großartigen Erfolg beflügelt. Ich stellte mir vor, wie ich nach vier oder fünf Jahren Abwesenheit nach Kanada zurückkehren würde, mit einem Berg von Gold, über den ich dank meiner eigenen Energie und meines Scharfsinns verfügen konnte. In meiner Vorstellung sah ich mich mit Alice in einem palastartigen Haus in der Jarvis Street niederlassen und den Rest meines Lebens in Wohlstand leben.

Mein Onkel riet mir, mein eigenes Urteil in dieser sich neu bietenden Gelegenheit zu fällen, aber er ermutigte mich eher zu dieser Idee, als zum Gegenteil. Er bot mir an, 500 Pfund vorzustrecken, und ich hatte zusätzlich etwa die Hälfte dieser Summe als Ergebnis meiner eigenen Transaktionen. Mr. Redpath, der sich gerade bereit machte, wieder nach Melbourne zurückzukehren, versprach, mir mit seinen Ortskenntnissen und Ratschlägen nach Kräften zu helfen, und in weniger als zwei Wochen waren er und ich auf dem Weg auf die andere Seite des Globus.

Wir erreichten unser Ziel Anfang September 1857. Mein Leben in Australien hatte keinen direkten Einfluss auf den Verlauf der Ereignisse, über die hier berichtet werden soll, und kann mit wenigen Worten umrissen werden: Ich beteiligte mich an verschiedenen Unternehmungen und hatte dabei einen gewissen Erfolg. Wenn sich auch keines meiner Unternehmen als besonders gewinnbringend erwies, so hatte ich doch zumindest keine schweren Katastrophen zu verkraften. Am Ende von vier Jahren, d. h. im September 1861, zog ich Bilanz und stellte fest, dass ich zehntausend Dollar wert war.

Ich bekam jedoch schreckliches Heimweh und sehnte mich nach der Beendigung meines freiwilligen Exils. Natürlich stand ich in regelmäßigem Briefwechsel mit Alice und Onkel Richard, und in letzter Zeit drängten sie mich beide, nach Hause zurückzukehren.

'Du hast genug', schrieb mein Onkel, 'um dir einen Start in Toronto zu ermöglichen, und ich sehe keinen Grund, warum Alice und du noch länger getrennt bleiben solltet. Du wirst keine Kosten für den Haushalt haben, denn ich möchte, dass du bei mir wohnst. Ich werde alt und bin froh, wenn du mich in meinem letzten Lebensabschnitt begleitest. Solange ich lebe, wirst du ein komfortables Heim haben, und wenn ich sterbe, werden ihr beide alles bekommen, was ich habe. Schreib mir, sobald du diesen Brief erhalten hast, und lass uns wissen, wie schnell du hier sein kannst – je eher, desto besser.'

Der Brief, der diese dringende Einladung enthielt, brachte mich in eine Stimmung, in der ich sehr bereit war, sie anzunehmen. Die einzige Unternehmung, die mich aufhalten würde, war ein Wollgeschäft, das, wie ich glaubte, Ende Januar oder Anfang Februar abgeschlossen sein würde. Bis zum ersten März würde ich sicherlich in der Lage sein, meine Heimreise anzutreten, und ich beschloss, dass sie um diese Zeit erfolgen sollte.

Ich schrieb sowohl an Alice als auch an meinen Onkel, informierte sie über meine Absicht und kündigte an, dass ich Toronto spätestens Mitte Mai erreichen würde. Die beiden so verfassten Briefe wurden am 19. September aufgegeben, rechtzeitig für das Postschiff, das am folgenden Tag abfuhr.

Am 27. September wurde zu meiner großen Überraschung und Freude das erwähnte Wollgeschäft unerwartet früh und erfolgreich abgeschlossen, und es stand mir frei, mit dem nächsten Schnellpostdampfer, der Southern Cross, die am 11. Oktober von Melbourne abfuhr, nach Hause zu fahren, wenn ich es wollte. Ich war spontan dazu bereit und traf entsprechend meine Vorbereitungen.

Ich dachte, dass es wenig Sinn machen würde, meinem Onkel oder Alice jetzt noch zu schreiben und sie von der Änderung meiner Pläne zu unterrichten, denn ich würde den kürzesten Weg nach Hause nehmen und wahrscheinlich schon in Toronto sein, bevor ein Brief dort ankommen konnte. Ich beschloss daher, von New York aus zu telegrafieren, sobald ich dort angekommen war, um sie nicht völlig zu überrumpeln.

Am Morgen des 11. Oktober befand ich mich an Bord der Southern Cross, wo ich Mr. Redpath und einigen anderen Freunden, die mich an Bord begleiteten, die Hand schüttelte, um mich zu verabschieden. Die Einzelheiten der Reise nach England sind für die Geschichte nicht von Belang und können ebenfalls in aller Kürze wiedergegeben werden.

Mein Weg führte über das Rote Meer und ich kam am 29. November gegen zwei Uhr nachmittags in Marseille an.

Von dort aus reiste ich mit der Eisenbahn quer über das Land nach Calais, und ich war so ungeduldig, das Ende meiner Reise ohne Zeitverlust zu erreichen, dass ich nicht einmal blieb, um mir bei einem Zwischenstopp die Herrlichkeiten von Paris anzusehen.

Ich hatte zuvor noch einen Auftrag in London zu erledigen, der mich dort jedoch nur wenige Stunden aufhielt, und ich eilte nach Liverpool, in der Hoffnung, den Cunard-Dampfer nach New York zu erwischen.

Ich verpasste ihn um etwa zwei Stunden, aber die Persia sollte am nächsten Tag zu einer Sonderfahrt nach Boston aufbrechen. Ich sicherte mir einen Liegeplatz und begab mich am nächsten Morgen um acht Uhr auf den Heimweg.

Die Überfahrt von Liverpool nach Boston dauerte vierzehn Tage. Alles, was ich dazu sagen sollte, ist, dass ich vor meiner Ankunft im letztgenannten Hafen mit einem der Passagiere, Mr. Junius H. Gridley, einem Bostoner Kaufmann, der von einer eiligen Geschäftsreise nach Europa zurückkehrte, eine enge Bekanntschaft machte. Er war – und ist immer noch – ein äußerst angenehmer Gefährte. Wir kamen während der Reise viel zusammen und legten den Grundstein für eine Freundschaft, die seither besteht. Bevor die Kuppel des State House in Boston in Sicht kam, hatte er mir das Versprechen abgerungen, eine Nacht bei ihm zu verbringen, bevor ich meine Reise fortsetzte.

Wir landeten am Abend des 17. Dezember am Kai in East Boston, und ich begleitete ihn zu seinem Haus in der West Newton Street, wo ich bis zum nächsten Morgen blieb.

Als wir den Fahrplan konsultierten, stellten wir fest, dass der Albany-Express um 11.30 Uhr abfahren würde. Damit blieben mir noch mehrere Stunden zur Verfügung, und wir brachen sofort nach dem Frühstück auf, um einige der berühmten Orte des 'amerikanischen Athen' [Boston] zu besuchen.

Bei unseren Streifzügen durch die Straßen kamen wir am Postamt vorbei, das kürzlich im *Merchants Exchange Building* in der State Street eingerichtet worden war.

Beim Anblick der zahllosen Stapel von Postsendungen bemerkte ich scherzhaft gegenüber meinem neuen Freund, dass es dort anscheinend genug Briefe für die ganze Menschheit gäbe. Er antwortete in der gleichen humorvollen Stimmung, woraufhin ich spaßeshalber die Vermutung äußerte, dass unter so vielen Briefen sicher auch einer für mich dabei sein müsste.

»Warum nicht?«, antwortete er. »Wir Bostoner sind immer großzügig zu Fremden. Dort ist die General Delivery, und da ist die Abteilung, in der die an die Familie Furlong adressierten Briefe aufbewahrt werden. Bitte erkundige dich selbst.«

Ich gebe zu, dass der Scherz nicht sehr brillant war, aber mit ernster Miene trat ich an die Pforte und fragte die junge Dame, die dort Dienst hatte:

»Irgendetwas dabei für W. F. Furlong?«

Sie nahm eine Handvoll Briefe aus einem der 'Taubenschläge' und überflog die Adressen. Als sie etwa die Hälfte des Stapels durchsucht hatte, hielt sie inne und stellte die bei Fremden übliche Frage:

»Woher erwarten Sie Briefe?«

»Aus Toronto«, antwortete ich.

Zu meinem nicht geringen Erstaunen überreichte sie mir sofort einen Brief mit dem Poststempel von Toronto. Die Adresse war in der eigentümlichen und bekannten Handschrift meines Onkels Richard geschrieben.

Kaum meinen Sinnen trauend, riss ich den Umschlag auf und las Folgendes – :

'TORONTO, den 9. Dezember 1861

MEIN LIEBER WILLIAM – ich bin so froh, zu wissen, dass Du viel früher nach Hause kommst, als du es in deinem letzten Brief erwartet hast, und dass du dein Weihnachtsessen mit uns einnehmen wirst. Aus Gründen, die du bei deiner Ankunft erfahren wirst, wird es kein sehr fröhliches Weihnachten bei uns werden, aber deine Anwesenheit wird es viel erträglicher machen, als es ohne dich sein würde. Ich habe Alice nicht gesagt, dass du kommen wirst. Es soll eine freudige Überraschung für sie sein, als eine Art Entschädigung für die Sorgen, die sie in letzter Zeit ertragen musste. Du brauchst nicht zu telegrafieren. Ich treffe dich an der Station der G.W.R. [Great Western Railway]. Dein dich liebender Onkel, RICHARD YARDINGTON.'

»Was ist denn los?«, fragte mein Freund, als er meinen überraschten Gesichtsausdruck sah. »Natürlich ist der Brief nicht für dich, warum hast du ihn geöffnet?«

»Er *ist* für mich«, antwortete ich. »Schau, Gridley, alter Mann, hast du mir einen Streich gespielt? Wenn nicht, dann ist das das Seltsamste, was ich je in meinem Leben erlebt habe.«

Natürlich hatte er mir keinen Streich gespielt. Ein kurzer Moment des Nachdenkens überzeugte mich, dass so etwas unmöglich war. Hier war der Umschlag mit dem Poststempel von Toronto vom 9. Dezember, einem Tag, an dem er mit mir an Bord der Persia vor den Ufern von Neufundland gewesen war. Außerdem war er ein Gentleman, der einem Gast keinen so schlechten und dummen Scherz gespielt hätte. Und um jeden Zweifel auszuschließen, erinnerte ich mich daran, dass ich den Namen meiner Cousine nie vor ihm erwähnt hatte.

Ich reichte ihm den Brief. Er las ihn zweimal sorgfältig durch und war über den Inhalt ebenso verblüfft wie ich, denn während unserer Überfahrt über den Atlantik hatte ich ihm die Umstände meiner Heimkehr erklärt.

Auf welche Weise war mein Onkel von meiner Abreise aus Melbourne in Kenntnis gesetzt worden? Hatte Mr. Redpath ihm geschrieben, sobald ich ihn mit meinen Absichten vertraut gemacht hatte? Aber selbst wenn dies der Fall gewesen wäre, hätte der Brief nicht vor mir auf die Reise gehen und Toronto unmöglich vor dem 9. Dezember erreicht haben können.

War ich in England von jemandem gesehen worden, der mich kannte, und hatte man etwa von dort aus geschrieben? Höchst unwahrscheinlich; und selbst wenn dies so gewesen wäre, hätte der Brief Toronto unmöglich bis zum 9. Dezember erreichen können.

Ich muss den Leser wohl kaum darauf hinweisen, dass es zu dieser Zeit keine telegrafische Kommunikation über diese Entfernung gab. Und wie konnte mein Onkel wissen, dass ich den Weg über Boston nehmen würde? Und wenn er es gewusst hätte, wie konnte er vorhersehen, dass ich etwas so Absurdes tun würde, wie beim Postamt in Boston vorbeizugehen und nach Briefen für mich zu fragen?

'Ich treffe dich an der G.W.R. Station'. Wie sollte er wissen, mit welchem Zug ich Toronto erreichen würde, wenn ich ihn nicht telegrafisch benachrichtigt hätte? Und das, so wie er gesagt hatte, sei unnötig.

Wir unternahmen keine weiteren Besichtigungen mehr. Ich befolgte den in dem Brief enthaltenen Hinweis und schickte kein Telegramm. Mein Freund begleitete mich zum Bahnhof von Boston und Albany, wo ich in fieberhafter Ungeduld auf die Abfahrt des Zuges wartete. Wir sprachen bis 11.30 Uhr über die Angelegenheit, in der vergeblichen Hoffnung, einen Hinweis auf das Geheimnis zu finden. Dann setzte ich meine Reise fort. Mr. Gridleys Neugierde war geweckt, und ich versprach, ihm sofort nach meiner Ankunft zu Hause eine Erklärung zu schicken.

Kaum war der Zug aus dem Bahnhof herausgefahren, ließ ich mich auf meinem Sitz nieder, holte den quälenden Brief aus meiner Tasche und las ihn immer und immer wieder. Schon nach wenigem wiederholten Durchlesen hatte sich der Inhalt in meinem Gedächtnis derart festgesetzt, dass ich jedes Wort mit geschlossenen Augen wiederholen konnte. Dennoch untersuchte ich weiterhin das Papier, die Schrift und sogar die Farbe der Tinte. Zu welchem Zweck, fragen Sie sich? Zu keinem Zweck, außer dass ich hoffte, auf irgendeine geheimnisvolle Weise mehr Licht auf die Sache werfen zu können. Doch es kam kein Licht. Je mehr ich nachdachte und nachforschte, desto rätselhafter wurde es mir.

Es handelte sich um ein einfaches Blatt von weißem Briefpapier, wie es mein Onkel gewöhnlich für seine Korrespondenz verwendete. Soweit ich sehen konnte, gab es nichts Besonderes an der Tinte. Jeder, der mit der Schrift meines Onkels vertraut war, hätte schwören können, dass die Zeilen von keiner anderen Hand als der seinen stammten. Seine bekannte Unterschrift, ein Meisterwerk der verwickelten Hieroglyphen, war dort in all ihrer Undeutlichkeit zu sehen und so geschrieben, wie niemand außer ihm selbst sie jemals hätte schreiben können. Und doch war ich aus irgendeinem unerklärlichen Grund fast geneigt, eine Fälschung zu vermuten.

Ich verzichtete auf alle Versuche, diese Probleme zu lösen, und versuchte nun, die Bedeutung anderer Punkte des Briefes zu ergründen. Welches Unglück war geschehen, das die Weihnachtsfeierlichkeiten im Hause meines Onkels stören würden? Und was könnte der Hinweis auf die Sorgen meiner Cousine Alice bedeuten? Sie war nicht krank. Das, dachte ich, könnte man als gegeben hinnehmen. Mein Onkel hätte ihre Krankheit wohl kaum als 'eine der Sorgen, die sie in letzter Zeit zu ertragen hatte' bezeichnet. Sicherlich kann eine Krankheit als ein Kummer angesehen werden, aber 'Kummer' war nicht gerade das Wort, das ein geradliniger Mann wie Onkel Richard dafür verwendet hätte. Ich konnte mir in ihrem Fall keine andere Ursache für ihr Leid vorstellen.

Meinem Onkel ging es gut, was sich daran zeigte, dass er den Brief geschrieben hatte und die Absicht bekundete, mich am Bahnhof abzuholen. Ihr Vater war lange vor meiner Abreise nach Australien gestorben. Außer mir hatte sie keine weiteren nahen Verwandten, und sie hatte keinen Grund zur

Besorgnis, geschweige denn zum 'Kummer' meinetwegen. Ich fand es auch ungewöhnlich, dass mein Onkel, wenn er auf seltsame Weise von meinen Reisen erfahren hatte, dies Alice vorenthalten würde. Es passte nicht zu meinen Vorstellungen von ihm, dass es ihm Spaß machen würde, seine Nichte zu überrumpeln.

Es war alles ein einziges Durcheinander, und da meine Schläfen von der Intensität meiner Gedanken pochten, war ich fast geneigt, mich in einem unruhigen Traum zu wähnen, aus dem ich bald erwachen sollte.

Inzwischen glitt der Zug weiter. Ein heftiger Schneesturm sorgte für eine mehrstündige Verzögerung, und wir erreichten Hamilton zu spät für den Mittagsexpress nach Toronto. Wir kamen jedoch noch rechtzeitig für den Zug an, der um 15.15 Uhr abfuhr und mit dem wir Toronto um 17.05 Uhr erreichen würden.

Ich lief von einem Ende des Zuges zum anderen, in der Hoffnung, jemanden zu finden, den ich kannte und bei dem ich mich nach zu Hause erkundigen konnte – ich traf keine Menschenseele. Ich sah mehrere Personen, von denen ich wusste, dass sie in Toronto wohnten, aber niemanden, mit dem ich jemals persönlich bekannt gewesen war, und keiner von ihnen konnte etwas über die häuslichen Verhältnisse meines Onkels wissen. Unter diesen Umständen blieb mir nichts anderes übrig, als meine Neugierde so gut wie möglich zu zügeln, bis ich Toronto erreichen würde.

Übrigens, würde mein Onkel mich wirklich am Bahnhof abholen, wie er es versprochen hatte? Sicherlich nicht. Woher sollte er wissen, dass ich mit diesem Zug ankommen würde? Aber er schien so genau über mein Vorgehen informiert zu sein, dass man nicht sagen konnte, wo sein Wissen begann oder endete.

Ich versuchte, nicht darüber nachzudenken, doch als sich der Zug Toronto näherte, wurde meine Ungeduld geradezu fieberhaft. Wir hatten nicht mehr als drei Minuten Verspätung, und als wir in Union Station glitten, trat ich auf die Plattform des Wagens hinaus und spähte aufmerksam durch die Dunkelheit. Plötzlich machte mein Herz einen großen Sprung. Da stand doch tatsächlich mein Onkel vor der Tür des Warteraums und war im flackernden Schein der überhängenden Lampen deutlich zu erkennen.

Bevor der Zug zum Stehen kam, sprang ich aus dem Wagen und ging auf ihn zu. Er hielt nach mir Ausschau, aber da seine Augen nicht so jung waren wie meine, erkannte er mich erst, als ich ihn an der Hand ergriff.

Er begrüßte mich herzlich, fasste mich an der Taille und hob mich fast vom Boden auf. Ich bemerkte sofort mehrere Veränderungen in seinem Aussehen, auf die ich nicht vorbereitet war. Er war sehr gealtert, seit ich ihn das letzte Mal gesehen hatte, und die Falten um seinen Mund hatten sich erheblich vertieft. Das eisengraue Haar, an das ich mich so gut erinnerte, war verschwunden, und an seine Stelle war eine neue, ziemlich schäbig aussehende Perücke getreten. Der altmodische Mantel, den er getragen hatte, seit ich mich erinnern kann, war durch eine moderne, sauber geschnittene Kutte mit Kragen und Manschetten aus Robbenfell ersetzt worden. All dies bemerkte ich bei den ersten eiligen Begrüßungen, die zwischen uns stattfanden.

28

»Kümmere dich nicht um dein Gepäck, mein Junge«, bemerkte er. »Lass es bis morgen stehen, dann lassen wir es abholen. Wenn du nicht müde bist, gehen wir zu Fuß nach Hause, anstatt ein Taxi zu nehmen. Ich habe dir noch eine Menge zu sagen, bevor wir dort ankommen.«

Ich hatte nicht geschlafen, seit ich Boston verlassen hatte, war aber zu aufgeregt, um mir der Müdigkeit bewusst zu sein, und wie man sich leicht vorstellen kann, war ich sehr gespannt darauf, zu hören, was er zu sagen hatte.

Wir verließen den Bahnhof und gingen Arm in Arm die York Street hinauf. »Und nun, Onkel Richard«, sagte ich, sobald wir die Menge hinter uns gelassen hatten, »halte mich nicht länger in Atem. Vor allem, geht es Alice gut?«

»Ziemlich gut, aber aus Gründen, die du bald verstehen wirst, ist sie in tiefer Trauer. Du musst wissen, dass – «

»Aber«, unterbrach ich ihn, »sag mir im Namen aller Heiligen, woher du wusstest, dass ich mit diesem Zug kommen würde, und wie du dazu gekommen bist, mir nach Boston zu schreiben?«

In diesem Moment kamen wir an die Ecke der Front Street, wo ein Laternenpfahl stand. Als wir die Stelle erreichten, an der das Licht der Lampe am hellsten war, drehte er sich halb um, sah mir direkt ins Gesicht und zeigte eine Art frostiges Lächeln. Der Ausdruck seiner Miene erschien fast grässlich.

»Onkel«, sagte ich schnell, »was ist denn los? Geht es dir nicht gut?«

»Ich bin nicht mehr so stark wie früher, und ich habe in letzter Zeit viel durchgemacht. Hab Geduld und ich werde dir alles erzählen. Lass uns langsamer gehen, sonst werde ich nicht fertig, bevor wir zu Hause sind.«

»Damit du verstehst, wie die Dinge liegen, fange ich am besten am Anfang an«, sprach er, »und ich hoffe, du wirst mich nicht mit Fragen unterbrechen, bis ich fertig bin.«

»Woher ich wusste, dass du das Postamt in Boston aufsuchen würdest und dass du mit diesem Zug in Toronto ankommen würdest, werde ich dir als Letztes erzählen. Übrigens, hast du meinen Brief dabei?«

»Den, den du mir nach Boston geschrieben hast? Ja, hier ist er«, antwortete ich und nahm ihn aus meiner Brieftasche.

»Gib ihn mir.«

Ich reichte ihm das Schreiben, und er steckte es in die Brusttasche seines Innenmantels. Ich wunderte mich über dieses Vorgehen seinerseits, machte aber keine Bemerkung dazu.

Wir gingen langsamer, und er begann mit seiner Erzählung. Natürlich gebe ich nicht vor, mich an seine genauen Worte zu erinnern, aber sie beschrieben die Dinge wie folgt:

Während des Winters, der auf meine Abreise nach Melbourne folgte, hatte er die Bekanntschaft eines Herrn gemacht, der sich damals kürzlich in Toronto niedergelassen hatte. Der Name dieses Herrn war Marcus Weatherley, der unmittelbar nach seiner Ankunft ein Geschäft als Großhändler für Lebensmittel begonnen hatte und seitdem in diesem Bereich tätig war. Mehr als drei Jahre lang war die Bekanntschaft zwischen ihm und meinem Onkel nur sehr sporadisch, aber im letzten Sommer hatten sie einige Immobiliengeschäfte miteinander getätigt und waren sich dabei näher gekommen.

Weatherley, ein vergleichsweise junger und unverheirateter Mann, war in das Haus in der Gerrard Street eingeladen worden, wo er dann recht häufig zu Gast gewesen war. In letzter Zeit waren seine Besuche sogar so häufig geworden, dass mein Onkel den Verdacht hegte, er wolle meiner Cousine Aufmerksamkeit schenken, und hielt es für richtig, ihn über ihre Verlobung mit mir aufzuklären. Von diesem Tag an hatte er seine Besuche freiwillig eingestellt. Mein Onkel hatte erst vierzehn Tage später darüber nachgedacht, als er zufällig erfuhr, dass Weatherley sich in einer peinlichen Lage befand.

Hier hielt mein Onkel in seiner Erzählung inne, um Luft zu holen. Dann fügte er in leisem Tonfall hinzu, wobei er seinen Mund fast dicht an mein Ohr hielt:

»Und, Willie, mein Junge, ich habe schließlich noch etwas anderes herausgefunden. Er hat Schulden über zweiundvierzigtausend Dollar, die innerhalb der nächsten zehn Tage hier und in Montreal fällig werden, und er hat meine Unterschrift auf Wechseln über *neununddreißigtausendsiebenhundertsechzehn Dollar und vierundzwanzig Cents gefälscht.*«

Das waren, soweit ich weiß, seine genauen Worte.

31

Wir waren die York Street hinauf bis zur Queen Street und dann die Queen Street hinunter bis zur Yonge Street gegangen, als wir auf dem Heimweg in die Ostseite einbogen.

Zu dem Zeitpunkt, als die letzten Worte gesprochen wurden, befanden wir uns einige Meter nördlich der Crookshank Street, direkt vor einer Apotheke, die, glaube ich, das dritte Haus an der Ecke war. Das Schaufenster dieses Ladens war gut beleuchtet, und sein Licht spiegelte sich auf dem Gehweg davor.

In diesem Moment gingen zwei Herren in entgegengesetzter Richtung schnell an uns vorbei; aber ich war zu sehr in die Erzählung meines Onkels vertieft, um den Passanten viel Aufmerksamkeit zu schenken. Kaum waren sie jedoch vorbeigegangen, blieb einer von ihnen stehen und rief aus:

»Das muss doch sicher Willie Furlong sein!«

Ich drehte mich um und erkannte Johnny Gray, einen meiner ältesten Freunde. Ich ließ den Arm meines Onkels für einen Moment los und schüttelte Gray die Hand, der sagte:

»Ich bin überrascht, dich zu sehen. Ich habe erst vor ein paar Tagen gehört, dass du bis zum nächsten Frühjahr nicht zurückkommen wirst.«

»Jetzt bin ich hier«, bemerkte ich, »etwas früher, als ich eigentlich erwartet hatte.« Dann erkundigte ich mich eilig nach einigen unserer gemeinsamen Freunde, worauf er mir kurz antwortete.

»Alles gut«, sagte er, »aber du hast es sicher eilig, und ich auch. Lass dich nicht aufhalten. Schau doch morgen bei mir vorbei. Du findest mich am alten Ort, in den Romain Buildings.« Wir schüttelten uns erneut die Hand, und er ging mit dem Herrn, der ihn begleitete, die Straße hinunter.

Ich drehte mich herum, um mich wieder bei meinem Onkel einzuhaken, doch der alte Herr war offensichtlich schon weitergegangen, denn er war nirgends zu sehen.

Ich eilte weiter und war mir sicher, dass ich ihn noch vor Erreichen der Gould Street überholen würde, denn mein Gespräch mit Gray hatte kaum eine Minute gedauert.

Kurz danach war ich an der Ecke zur Gould Street. Keine Spur von Onkel Richard. Ich beschleunigte mein Tempo zu einem Lauf, der mich bald in die Gerrard Street brachte. Immer noch keine Spur von ihm.

Auf meinem Weg war ich sicher nicht an ihm vorbeigekommen, und er konnte auf seinem Heimweg nicht weiter als bis hierher gegangen sein. Er muss in eines der Geschäfte eingetreten sein, was unter den gegebenen Umständen recht seltsam erschien.

Ich ging den Weg zurück bis zur Vorderseite der Apotheke und spähte in jedes Fenster und jede Tür, während ich weiterging. Niemand, der ihm auch nur im Geringsten ähnelte, war zu sehen. Einen Moment lang blieb ich stehen und dachte nach. Selbst wenn er in vollem Tempo gerannt wäre – was für ihn höchst ungewöhnlich wäre – hätte er die Ecke der Gerrard Street nicht vor mir erreichen können. Und wozu sollte er rennen? Er wollte mir sicher nicht aus dem Weg gehen, denn er hatte mir noch mehr zu sagen, bevor wir nach Hause kamen. Vielleicht war er in die Gould Street abgebogen. Auf jeden Fall war es sinnlos, auf ihn zu warten. Ich könnte genauso gut sofort nach Hause gehen. Und das tat ich auch.

Als ich den altbekannten Ort erreichte, öffnete ich das Tor, ging die Stufen zur Haustür hinauf und läutete. Die Tür wurde von einer Hausangestellten geöffnet, die zu meiner damaligen Zeit nicht zum Haus gehörte und mich nicht kannte, aber Alice ging zufällig durch den Flur und hörte meine Stimme, als ich mich nach Onkel Richard erkundigte.

Einen Augenblick später lag sie in meinen Armen. Mit einer seltsamen Vorahnung im Herzen bemerkte ich, dass sie in tiefer Trauer war. Wir gingen in das Esszimmer, wo der Tisch für das Abendessen gedeckt war.

»Ist Onkel Richard schon da?«, fragte ich, sobald wir allein waren. »Warum ist er vor mir weggelaufen?«

»Wer?«, rief Alice erschrocken aus, »was meinst du, Willie? Ist es möglich, dass du es noch nicht gehört hast?«

»Was gehört habe?«

»Ich sehe, du hast es noch nicht gehört«, antwortete sie.

»Setz dich, Willie, und bereite dich auf eine schmerzliche Nachricht vor, aber sag mir erst einmal, was du mit deiner gerade gemachten Bemerkung gemeint hast – wer war es, der dir weggelaufen ist?«

»Nun, vielleicht sollte ich es nicht weglaufen nennen, aber er ist auf jeden Fall auf sehr mysteriöse Weise verschwunden, hier unten an der Ecke Yonge- und Crookshank Street.«

»Von wem sprichst du?«

»Von Onkel Richard, natürlich.«

»Onkel Richard! An der Ecke Yonge und Crookshank Street! Wann hast du ihn dort gesehen?«

»Wann? Vor einer Viertelstunde. Er ist mir am Bahnhof begegnet und wir sind zusammen gegangen, bis ich Johnny Gray getroffen habe. Ich hatte mich umgedreht, um kurz mit Johnny zu sprechen, als – «

»Willie, wovon in aller Welt redest du da? Du leidest unter einer seltsamen Wahnvorstellung. *Onkel Richard ist vor mehr als sechs Wochen an einem Schlaganfall gestorben und liegt auf dem St. James's Friedhof begraben.*«

II.

Ich weiß nicht, wie lange ich so dasaß und versucht habe, meine Gedanken zu ordnen, während ich das Gesicht in den Händen vergraben hatte. Mein Geist war in den letzten dreißig Stunden stark beansprucht worden und die Reihe von Überraschungen, denen ich ausgesetzt war, hatte meine Fähigkeiten vorübergehend gelähmt.

Einige Augenblicke nach Alices Ankündigung muss ich mich in einer Art Bewusstlosigkeit befunden haben. Meine Fantasie, so erinnere ich mich, drehte sich wie wild um alles im Allgemeinen und nichts im Besonderen. Meine Cousine hatte wohl den Eindruck gewonnen, dass ich eine Art Unfall gehabt haben musste, der mein Gehirn aus den Angeln gehoben hatte.

Das Erste, an das ich mich danach erinnern konnte, war, dass ich plötzlich aus meiner Benommenheit erwacht bin und Alice zu meinen Füßen kniete und mich an der Hand hielt. Dann kehrten meine geistigen Kräfte zu mir zurück, und ich erinnerte mich an alle Ereignisse des Abends.

»Wann ist der Onkel gestorben?«, fragte ich.

»Am 3. November, gegen vier Uhr nachmittags. Es kam völlig unerwartet, obwohl er sich schon seit einigen Wochen nicht mehr seiner üblichen Gesundheit erfreut hatte. Er stürzte im Flur, als er gerade von einem Spaziergang zurückkam, und starb innerhalb von zwei Stunden. Nach seinem Anfall hat er nichts mehr gesprochen und niemanden mehr erkannt.«

»Was ist aus seinem alten Mantel geworden?«, fragte ich.

»Sein alter Mantel, Willie – was für eine Frage?«, antwortete Alice, die offensichtlich dachte, dass ich wieder in die Benommenheit zurückfallen würde.

»Hat er ihn bis zu seinem Tod weiter getragen?«, fragte ich.

»Nein. Das kalte Wetter hatte im letzten Herbst sehr zeitig eingesetzt, und er war gezwungen, seine Winterkleidung früher als sonst anzuziehen. Vierzehn Tage vor seinem Tod ließ er sich einen neuen Mantel anfertigen. Er hatte ihn zum Zeitpunkt seines Anfalls an. Aber warum fragst du?«

»Wurde der neue Mantel von einem Mode-Schneider zugeschnitten und hatte er einen Pelzkragen und Manschetten?«

»Er wurde bei Stovel's zugeschnitten, glaube ich. Er hatte einen Pelzkragen und Manschetten.«

»Wann hat er angefangen, eine Perücke zu tragen?«

»Etwa zur gleichen Zeit, als er seinen neuen Mantel trug. Ich hatte dir zu dem Zeitpunkt einen Brief geschrieben, in dem ich mich über sein jugendliches Aussehen lustig gemacht und angedeutet habe, dass er sich wohl nach einer jungen Frau umsieht. Aber du hast meinen Brief sicher nicht erhalten. Du musst bereits auf dem Heimweg gewesen sein, noch bevor er geschrieben wurde.«

»Ich habe Melbourne am 11. Oktober verlassen. Ich nehme an, die Perücke wurde mit ihm begraben?«

»Ja.«

»Und wo ist der Mantel?«

»Oben im Kleiderschrank, in Onkels Zimmer.«

»Komm mit, zeig ihn mir.«

Ich ging die Treppe hinauf, meine Cousine folgte mir.

Im Flur des ersten Stocks trafen wir auf meine alte Freundin Mrs. Daly, die Haushälterin. Sie warf die Hände hoch, als sie mich sah. Unsere Begrüßung war sehr kurz; ich war zu sehr damit beschäftigt, das Problem zu lösen, das mich seit dem Erhalt des Briefes in Boston beschäftigt hatte, als dass ich irgendetwas anderem Aufmerksamkeit schenken konnte. Mit ein paar Worten erklärte ich ihr jedoch, wohin wir gingen, und auf unsere Bitte hin begleitete sie uns.

Wir betraten das Zimmer meines Onkels. Meine Cousine holte den Schlüssel des Kleiderschranks aus einer Schublade, in der er aufbewahrt wurde, und schloss die Tür auf. Dort hing der Mantel. Ein einziger Blick genügte. Es war derselbe.

Das benommene Gefühl in meinem Kopf begann sich wieder bemerkbar zu machen. Die Atmosphäre des Raumes schien mich zu erdrücken. Ich schloss die Schranktür und ging, gefolgt von meiner Cousine, die Treppe hinunter zum Esszimmer. Mrs. Daly hatte genug Verstand, um zu erkennen, dass wir Familienangelegenheiten zu besprechen hatten, und zog sich in ihr eigenes Zimmer zurück.

Ich nahm die Hand meiner Cousine in die meine und fragte: »Würdest du mir sagen, was du über Mr. Marcus Weatherley weißt?«

Dies war offensichtlich eine weitere Überraschung für sie. Woher sollte ich von Marcus Weatherley gehört haben? Sie antwortete jedoch, ohne zu zögern:

»Ich weiß sehr wenig über ihn. Onkel Richard und er hatten vor ein paar Monaten geschäftlich etwas miteinander zu tun, und auf diese Weise wurde er zu einem Besucher hier. Nach einer Weile kam er ziemlich oft vorbei, aber kurz vor dem Tod des Onkels hörten seine Besuche plötzlich auf.«

»Ich brauche dir gegenüber keine Zurückhaltung zu üben. Onkel Richard dachte, er sei hinter mir her, und gab ihm zu verstehen, dass du vorrangige Rechte hast. Danach hat er uns nie wieder besucht. Ich bin froh, dass er es nicht getan hat, denn er hat etwas an sich, das ich nicht besonders mag. Ich kann nicht sagen, was es ist, aber seine Art hat mir immer den Eindruck vermittelt, dass er nicht ganz das ist, was er nach außen hin zu sein scheint. Vielleicht habe ich ihn falsch eingeschätzt. Ich glaube sogar, dass es so ist, denn er kommt bei allen gut an und ist sehr geachtet.«

Ich schaute auf die Uhr auf dem Kaminsims. Es war zehn Minuten vor sieben, und ich erhob mich von meinem Platz.

»Ich muss dich bitten, mich für ein oder zwei Stunden zu entschuldigen, Alice. Ich muss Johnny Gray finden.«

»Aber du wirst mich doch nicht verlassen, Willie, bevor du mir nicht einen Hinweis auf deine unerwartete Ankunft und auf die seltsamen Fragen gegeben hast, die du mir gestellt hast? Das Abendessen ist fertig und kann sofort serviert werden. Bitte geh nicht wieder fort, bevor du etwas gegessen hast.«

Sie klammerte sich an meinen Arm. Es war offensichtlich, dass sie mich für verrückt hielt und vielleicht dachte, dass ich mir etwas antun könnte. Das hatte mich sehr bedrückt.

Was das Essen anging, so war es in meinem damaligen Gemütszustand einfach unmöglich, etwas zu mir zu nehmen, obwohl ich seit meiner Abreise aus Rochester nichts mehr gegessen hatte und beschloss, ihr alles zu erzählen.

Ich setzte mich wieder hin und sie nahm auf einen Schemel zu meinen Füßen Platz und hörte zu, während ich ihr all das erzählte, was mir nach meinem letzten Brief aus Melbourne widerfahren war.

»Und jetzt, Alice, weißt du, warum ich Johnny Gray sehen möchte.«

Sie hätte mich liebend gerne begleitet, aber ich hielt es für besser, meine Nachforschungen allein fortzusetzen. Ich versprach, im Laufe der Nacht zurückzukehren und ihr das Ergebnis meines Gesprächs mit Gray mitzuteilen.

Dieser besagte Gentleman, mein alter Freund, hatte geheiratet, während ich in Australien war, und hatte sich mit Immobilien selbstständig gemacht. Alice kannte seine genaue Adresse und gab mir die Nummer seines Hauses, das sich in der Church Street befand.

Nach einigen Minuten zügigen Gehens stand ich vor seiner Tür. Ich hatte keine große Erwartung, ihn schon zu Hause anzutreffen, da ich es für wahrscheinlich hielt, dass er noch nicht von seinem Weg zurückgekehrt war, als ich ihn getroffen hatte, aber ich sollte zumindest herausfinden können, wann er erwartet wurde, und könnte dann entweder bleiben oder mich auf die Suche nach ihm machen. Das Glück war mir dieses Mal hold, denn er war bereits vor über einer Stunde zurückgekehrt. Ich wurde in den Salon geführt, wo ich ihn mit seiner Frau beim Cribbage spielen fand.

»Willie«, rief er aus und kam mir entgegen, um mich zu begrüßen, »das ist freundlicher von dir, als ich gedacht habe. Ich habe dich kaum vor morgen erwartet. Umso besser; wir haben gerade von dir gesprochen. Ellen, das ist mein alter Freund Willie Furlong, der 'zurückgekehrte Sträfling', dessen 'Verbannung' du mich schon so oft hast beklagen hören.«

Nachdem ich mit Mrs. Gray einige kurze Höflichkeiten ausgetauscht hatte, wandte ich mich an ihren Mann.

»Johnny, ist dir etwas Besonderes an dem alten Herrn aufgefallen, der bei mir war, als wir uns heute Abend in der Young Street getroffen haben?«

»Alter Herr! Wer? Es war niemand bei dir, als ich dich getroffen habe.«

»Denk doch noch einmal nach. Er und ich gingen Arm in Arm, und du warst schon an uns vorbeigegangen, als du mich erkannt hattest und meinen Namen gerufen hast.«

Er sah mir einen Moment lang fest ins Gesicht und sagte dann bestimmt: »Du irrst dich, Willie. Du warst ganz sicher allein, als wir uns trafen. Du bist langsam gegangen, und ich hätte es merken müssen, wenn jemand bei dir gewesen wäre.«

»Du bist es, der sich irrt«, erwiderte ich fast streng. »Ich war in Begleitung eines älteren Herrn, der einen großen

Mantel mit Pelzkragen und Manschetten trug, und wir unterhielten uns ernsthaft miteinander, als du an uns vorbeigegangen bist.«

Er zögerte einen Augenblick und schien zu überlegen, aber auf seinem Gesicht war kein Hauch von Zweifel zu sehen.

»Denk, was du willst, alter Knabe«, sagte er. »Ich kann nur sagen, dass ich niemanden außer dir gesehen habe, und Charley Leitch, der bei mir war, auch nicht. Nachdem wir uns von dir getrennt hatten, bemerkten wir deine offensichtliche Zerstreutheit und den düsteren Ausdruck. Wir hatten deine Miene darauf zurückgeführt, dass du erst vor Kurzem vom plötzlichen Tod deines Onkels Richard erfahren hattest. Wenn ein alter Herr bei dir gewesen wäre, hätten wir ihn unmöglich übersehen können.«

Ohne ein einziges Wort der Erklärung oder Entschuldigung sprang ich von meinem Platz auf, ging auf den Flur hinaus, nahm meinen Hut und verließ das Haus.

III.

Ich stürmte wie ein Verrückter auf die Straße hinaus und schlug die Tür hinter mir zu. Ich wusste, dass Johnny mir folgen würde, um eine Erklärung zu bekommen, also rannte ich wie der Blitz um die nächste Ecke und dann hinunter zur Yonge Street. Dann blieb ich stehen, kam wieder zu Atem und fragte mich, was ich als Nächstes tun sollte.

Plötzlich erinnerte ich mich an Dr. Marsden, einen alten Freund meines Onkels. Ich nahm ein vorbeifahrendes Taxi und fuhr zu seinem Haus. Der Arzt war in seinem Sprechzimmer und allein.

Er war natürlich überrascht, mich zu sehen, und drückte sein Mitgefühl über meinen Verlust in angemessenen Worten aus. »Aber wie kommt es, dass ich Sie so früh sehe?«, fragte er, »ich dachte, Sie würden erst in einigen Monaten erwartet.«

Ich begann mit meiner Geschichte, die ich mit großer Detailgenauigkeit erzählte, bis hin zu dem Moment meiner Ankunft in seinem Haus. Er hörte mir sehr aufmerksam zu und unterbrach mich nicht durch einen einzigen Einwand, bis ich geendet hatte. Dann begann er, Fragen zu stellen, von denen mir einige seltsamerweise unwichtig erschienen.

»Haben Sie sich während Ihres Aufenthalts im Ausland Ihrer üblichen Gesundheit erfreut?«

»So gut wie nie in meinem Leben«, antwortete ich. »Ich war nicht einen Augenblick krank, seit Sie mich das letzte Mal gesehen haben.«

»Und wie sind ihre Geschäfte gelaufen?«

»Einigermaßen gut, aber bitte, Herr Doktor, lassen Sie uns bei der Sache bleiben, um die es geht. Ich bin gekommen, um einen freundschaftlichen, nicht einen professionellen Rat einzuholen.«

»Alles zu seiner Zeit, mein Junge«, bemerkte er ruhig. Das war recht nervig. Meine seltsame Erzählung schien seine Gelassenheit nicht im Geringsten gestört zu haben.

»Hatten Sie eine angenehme Überfahrt?«, fragte er nach einer kurzen Pause. »Ich glaube, die See ist normalerweise recht rau zu dieser Jahreszeit.«

»Ich hatte mich für ein oder zwei Tage nach dem Verlassen von Melbourne ein wenig unwohl gefühlt«, antwortete ich, »aber es war bald wieder vorbei und auch nicht sehr schlimm, solange es anhielt. Ich bin ein recht guter Seemann.«

»Und Sie hatten in letzter Zeit keinen besonderen Grund zur Besorgnis? Zumindest nicht, bis Sie diesen wundersamen Brief erhalten haben«, fügte er hinzu, wobei er seine Lippen merklich zusammenzog, als wolle er ein Lächeln unterdrücken.

Da sah ich, worauf er hinauswollte.

»Herr Doktor«, rief ich mit einer gewissen Verzweiflung im Tonfall, »bitte verwerfen Sie den Gedanken, dass das, was ich Ihnen erzählt habe, das Ergebnis einer krankhaften Einbildung ist. Ich bin genauso gesund wie Sie. Der Brief selbst ist ein ausreichender Beweis dafür, dass ich nicht so dumm bin wie Sie mich glauben machen wollen.«

»Mein lieber Junge, ich halte Sie keineswegs für einen Narren, auch wenn Sie im Augenblick ein wenig aufgeregt sind. Aber ich dachte, Sie hätten gesagt, dass sie den Brief an – äh – ihren Onkel zurückgegeben haben.«

Einen Moment lang hatte ich diese wichtige Tatsache vergessen. Aber ich war nicht ganz ohne Beweis dafür, dass ich nicht das Opfer eines gestörten Gehirns geworden war.

Mein Freund Gridley konnte den Erhalt des Briefes und dessen Inhalt bestätigen. Meine Cousine konnte bezeugen, dass ich eine Vertrautheit mit Tatsachen an den Tag gelegt hatte, die ich von niemandem außer meinem Onkel hätte erfahren können. Ich hatte mich auf seine Perücke und seinen Mantel bezogen und ihr gegenüber den Namen von Mr. Marcus Weatherley erwähnt – einen Namen, den ich in meinem Leben noch nie gehört hatte. Ich machte Dr. Marsden auf diese Dinge aufmerksam und bat ihn, sie zu erklären, wenn er könnte.

»Ich gebe zu«, sagte der Arzt, »dass ich im Moment keine befriedigende Erklärung dafür finde. Aber lassen Sie uns der Sache ins Auge blicken. Während einer fast dreißigjährigen Bekanntschaft habe ich Ihren Onkel immer als einen wahrheitsliebenden Mann erlebt, der vorsichtig genug war, keine Aussagen über seine Mitmenschen zu machen, die er nicht beweisen konnte.«

»Ihr Informant hingegen scheint sich nicht auf Fakten beschränkt zu haben. Er hat einen Gentleman der Fälschung beschuldigt, dessen moralische und geschäftliche Integrität von allen, die ihn kennen, nicht infrage gestellt wird. Ich kenne Marcus Weatherley recht gut und bin nicht geneigt, ihn aufgrund der unbelegten Beweise eines schattenhaften alten Herrn, der auf höchst mysteriöse Weise auftaucht und wieder verschwindet und der vor Gericht nicht für seine Verleumdungen zur Rechenschaft gezogen werden kann, zum Fälscher und Schurken zu erklären.«

»Und soweit ich weiß und glaube, ist es nicht wahr, dass Marcus Weatherley bezüglich seiner finanziellen Lage in Verlegenheit ist. Ich habe solches Vertrauen in seine Zahlungsfähigkeit und Integrität, dass ich mich nicht scheuen würde, alle seine ausstehenden Papiere zu übernehmen, ohne eine Frage zu stellen. Wenn Sie sich erkundigen, werden Sie feststellen, dass meine Meinung von allen Bankiers der Stadt geteilt wird. Und ich zögere nicht, Ihnen zu sagen, dass Sie bei ihnen weder auf diesem Markt noch anderswo Wechsel mit dem Namen Ihres Onkels finden werden.«

»Morgen werde ich versuchen, das herauszufinden«, antwortete ich. »In der Zwischenzeit, Dr. Marsden, würden Sie dem Neffen Ihres alten Freundes einen Gefallen tun, indem Sie an Mr. Junius Gridley schreiben und ihn bitten, Sie über den Inhalt des Briefes und die Umstände, unter denen ich ihn erhalten habe, zu informieren?«

»Das erscheint mir absurd«, sagte er, »aber ich werde es tun, wenn Sie wollen.«

»Was soll ich sagen?«, fragte er und setzte sich an seinen Schreibtisch, um den Brief zu verfassen. Er war in weniger als fünf Minuten geschrieben. Er enthielt lediglich die gewünschten Informationen und bat um eine sofortige Antwort. Unter der Unterschrift des Arztes fügte ich ein kurzes Postskriptum mit folgenden Worten hinzu:

'Meine Geschichte über den Brief und seinen Inhalt wird angezweifelt. Ich bitte um eine vollständige und sofortige Antwort. W. F. F.'

Auf meine Bitte hin begleitete mich der Doktor zum Postamt in der Toronto Street und warf den Brief eigenhändig in den Kasten.

Ich wünschte ihm eine gute Nacht und begab mich zum Hotel Rossin House. Ich hatte keine Lust, Alice noch einmal zu begegnen, bevor ich mich ihr gegenüber nicht in ein besseres Licht rücken konnte. Ich schickte ihr einen Boten mit einer kurzen Notiz, in der ich ihr mitteilte, dass ich nichts Wichtiges entdeckt hatte, und bat sie, nicht auf mich zu warten. Dann nahm ich mir ein Zimmer und ging zu Bett.

Ich fand keinen Schlaf. Die ganze Nacht hindurch wälzte ich mich von einer Seite des Bettes zur anderen, und bei Tagesanbruch ging ich fieberhaft und unausgeschlafen hinaus. Ich kam rechtzeitig zum Frühstück zurück, konnte aber wenig oder gar nichts essen, und sehnte mich danach, dass es endlich zehn Uhr sein würde, wenn die Banken öffnen.

Nach dem Frühstück setzte ich mich in den Lesesaal des Hotels und versuchte vergeblich, meine Aufmerksamkeit auf die Lokalspalten der Morgenzeitung zu richten. Ich erinnere mich, dass ich mehrere Artikel immer wieder überlas, ohne deren Bedeutung zu verstehen. Danach erinnere ich mich an – nichts.

An nichts? Mehr als fünf Wochen lang war alles leer. Als ich wieder zu mir kam, fand ich mich in meinem Bett in meinem alten Zimmer in der Gerrard Street wieder, und Alice und Dr. Marsden standen an meinem Bett.

Ich brauche nicht zu erzählen, wie mir die Haare entfernt worden waren, und auch nicht von den Eisbeuteln, die mir auf den Kopf gelegt hatte. Es gibt keinen Grund, sich mit Einzelheiten über das 'erbarmungslose Fieber, das in meinem Gehirn brannte', aufzuhalten. Es ist auch nicht nötig, sich über meine Fortschritte auf dem Weg zur Genesung und dann zur vollständigen Gesundung auszulassen.

Innerhalb einer Woche nach dem erwähnten Zeitpunkt konnte ich mich im Bett aufsetzen, gestützt auf einen Berg von Kissen. Meine Ungeduld duldete keinen weiteren Aufschub, und ich musste mich erkundigen, was in der Zeit verstrichenen Zeit geschehen war, seit meine überreizten Nerven unter der anhaltenden Belastung nachgegeben hatten. Als Erstes wurde mir Junius Gridleys Antwortbrief an Dr. Marsden in die Hand gedrückt. Ich habe ihn immer noch in meinem Besitz und schreibe die folgende Kopie von dem Original ab, das jetzt vor mir liegt:

'BOSTON, 22. Dezember 1861.

DR. MARSDEN:

In Beantwortung Ihres Briefes, den ich soeben erhalten habe, darf ich Ihnen mitteilen, dass Mr. Furlong und ich uns zum ersten Mal während unserer kürzlichen Überfahrt von Liverpool nach Boston auf der Persia kennengelernt haben, die am vergangenen Montag hier eintraf. Mr. Furlong begleitete mich nach Hause und blieb bis Dienstagmorgen, als ich ihm die Öffentliche Bibliothek, das State House, das Athenaeum, die Faneuil Hall und andere interessante Orte gezeigt hatte.

Auf unserem Weg kamen wir zufällig am Postamt vorbei, und er bemerkte die große Anzahl von Briefen dort. Auf mein Betreiben hin – natürlich im Scherz – fragte er bei der General Delivery nach Briefe für ihn selbst, und er erhielt tatsächlich einen mit dem Poststempel von Toronto.

Er war natürlich sehr überrascht, ihn zu erhalten, und nicht minder über seinen Inhalt. Nachdem er ihn gelesen hatte, reichte er ihn mir, und auch ich las ihn aufmerksam. Ich kann mich nicht mehr an Wort für Wort erinnern, aber er behauptete, er stamme von 'seinem liebevollen Onkel Richard Yardington'. Er drückte darin seine Freude darüber aus, dass er früher als erwartet nach Hause kommt, und deutete, in eher vagen Worten, ein Unglück an.

Er bezog sich auf eine Lady namens Alice und erklärte, sie sei über die geplante Ankunft von Mr. Furlong nicht informiert worden. Es hieß auch, seine Anwesenheit zu Hause sei eine Belohnung für den Kummer, den sie kürzlich erlitten hatte. In dem Schreiben wurde auch die Absicht des Verfassers zum Ausdruck gebracht, seinen Neffen bei seiner Ankunft am Bahnhof von Toronto abzuholen, und es hieß weiter, dass kein Telegramm gesendet werden müsse.

Das war, soweit ich mich erinnern kann, so ziemlich alles, was der Brief enthielt. Mr. Furlong erklärte, er erkenne die Schrift seines Onkels. Es war eine krampfhafte Handschrift, die nicht leicht zu lesen war, und die Unterschrift war so eigenartig geformt, dass ich sie kaum entziffern konnte. Die Besonderheit bestand in der äußerst sonderbaren Anordnung der Buchstaben, von denen keine zwei gleich groß waren, und die Großbuchstaben waren unregelmäßig eingefügt, vor allem im Nachnamen.

Mr. Furlong war durch den Inhalt des Briefes sehr aufgewühlt und wartete sehnsüchtig auf die Ankunft des Zeitpunkts seiner Abreise. Er fuhr um 11.30 Uhr mit dem Zug der B.&A, Boston and Albany Railroad, ab.

Das ist wirklich alles, was ich über die Angelegenheit weiß, und ich habe seit seiner Abreise sehnsüchtig darauf gewartet, von ihm zu hören. Ich gestehe, dass ich neugierig bin und mich freuen würde, von ihm zu hören – es sei denn, es geht um etwas, das zu erforschen für einen vergleichsweise Fremden unverschämt wäre.

Mit freundlichen Grüßen, &c.

JUNIUS H. GRIDLEY'

Mein Freund hatte also meine Darstellung vollständig bestätigt, soweit es sich um den Brief handelte. Meine Schilderungen bedurften jedoch keiner Bestätigung, wie sich im Folgenden zeigen wird.

Als ich darniederlag, waren Alice und Dr. Marsden die einzigen Personen, denen ich mitgeteilt hatte, was mein Onkel während unseres Spaziergangs vom Bahnhof zu mir gesagt hatte. Beide schwiegen zu diesem Thema, nur untereinander nicht. In den ersten Tagen meiner Krankheit diskutierten sie die Angelegenheit mit viel Gefühl auf beiden Seiten.

Alice glaubte meine Geschichte von Anfang bis Ende vorbehaltlos. Sie war klug genug, um zu erkennen, dass ich in Dinge eingeweiht worden war, die ich auf normalem Wege unmöglich hätte erfahren können.

Kurzum, sie war nicht so verliebt in das Fach-Kauderwelsch, dass sie ihren gesunden Menschenverstand verloren hätte. Der Arzt jedoch weigerte sich, mit der Maulwurfblindheit vieler seiner Artgenossen, daran zu glauben. Er hatte noch nie etwas Derartiges erlebt und hielt es daher für unmöglich. Er begründete alles mit der Hypothese meines vorhandenen Fiebers. Er ist nicht der einzige Arzt, der Ursache und Wirkung verwechselt und umgekehrt.

In der zweiten Woche meiner Erschöpfung machte sich Mr. Marcus Weatherley aus dem Staub. Dieses Ereignis, das von denjenigen, die mit ihm zu tun hatten, nicht erwartet worden war, brachte sofort seine finanzielle Lage ans Licht.

Es stellte sich heraus, dass er bereits seit mehreren Monaten tatsächlich zahlungsunfähig war. Am Tag nach seiner Abreise wurde eine Reihe seiner Wechsel fällig. Es stellte sich heraus, dass es sich um vier Wechsel handelte, die sich auf genau zweiundvierzigtausend Dollar beliefen. Damit war dieser Teil der Geschichte meines Onkels bestätigt.

Einer der Wechsel war in Montreal zahlbar und belief sich auf 2.283,76 Dollar. Die anderen drei waren bei verschiedenen Banken in Toronto zahlbar. Letztere waren auf sechzig Tage befristet und trugen jeweils eine Unterschrift, bei der es sich vermutlich um die von Richard Yardington handelte.

Einer dieser Wechsel lautete auf $8.972,11, ein anderer auf $10.114,63, und der dritte und letzte auf $20.629,50.

Eine kurze Addition zeigt uns die Summe dieser drei Beträge.

$ 8.972,11
$ 10.114,63
$ 20.629,50

$ 39.716,24

Das war der Betrag der Wechsel, von dem mein Onkel behauptete, seine Unterschrift darauf gefälscht worden sei.

Innerhalb einer Woche nach Bekanntwerden dieser Dinge traf ein Brief von Mr. Marcus Weatherley ein, der an den Direktor eines der führenden Bankinstitute in Toronto gerichtet war. Er schrieb aus New York, erklärte aber, dass er innerhalb einer Stunde nach Aufgabe seines Briefes abreisen würde. Er gab freiwillig zu, den Namen meines Onkels auf den drei oben erwähnten Wechseln gefälscht zu haben, und erzählte weitere Einzelheiten über seine Angelegenheiten, die zwar für seine damaligen Gläubiger aufschlussreich genug waren, aber für die Öffentlichkeit heute nicht mehr von besonderem Interesse sind.

Die Banken, bei denen die Wechsel diskontiert worden waren, wurden im Nachhinein klug und entdeckten zahlreiche kleine Details, in denen sich die gefälschten Unterschriften von den echten Unterschriften meines Onkels Richard unterschieden. Auf alle Fälle steckten sie den Verlust ein und schwiegen, und ich wage zu behaupten, dass sie mir nicht dafür danken werden, dass ich die Aufmerksamkeit wieder auf diese Angelegenheit gelenkt habe, selbst aus dieser zeitlichen Distanz.

Es gibt nicht viel mehr zu erzählen. Marcus Weatherley, der Fälscher, ereilte sein Schicksal, wenige Tage, nachdem er seinen Brief aus New York geschrieben hatte.

Er war in New Bedford, Massachusetts, an Bord eines Segelschiffs namens Petrel gegangen, das nach Havanna fuhr. Die Petrel verließ den Hafen am 12. Januar 1862 und sank am 23. desselben Monats mitten auf dem Ozean mit allen Leuten an Bord. Sie sank in Sichtweite des Kapitäns und der Besatzung der City of Baltimore (Inman Line), die jedoch aufgrund des vorherrschenden Orkans nicht in der Lage waren, Hilfe zu leisten oder einen der unglücklichen Menschen vor der Wut der Wellen zu retten.

Am Anfang der Geschichte hatte ich erwähnt, dass das einzige fiktive Element der Name eines der Beteiligten war – Marcus Weatherley. In Wirklichkeit trug er einen anderen Namen – einen, an den sich noch viele Menschen in Toronto erinnern. Er hat die Strafe für seine Untaten bezahlt, und ich sehe keinen Nutzen darin, sie in Verbindung mit seinem richtigen Namen zu wiederholen. In allen anderen Einzelheiten ist die vorstehende Erzählung so wahr, wie es mir ein einigermaßen gutes Gedächtnis ermöglicht hat.

Ich habe nicht vor, eine psychologische Erklärung für die hier aufgezeigten Ereignisse zu versuchen, und zwar aus dem hinreichenden Grund, dass nur eine einzige Erklärung möglich ist. Der seltsame Brief und sein Inhalt beruhen, wie man gesehen hat, nicht allein auf meiner Aussage. Was meinen Spaziergang vom Bahnhof mit Onkel Richard und die von ihm an mich gerichtete Mitteilung betrifft, so sind alle Einzelheiten für mich so real wie alle anderen Vorgänge meines Lebens. Die einzige offensichtliche Schlussfolgerung ist, dass ich zum Empfänger einer Mitteilung der Art gemacht wurde, von welcher die Welt gewohnt ist, sie als übernatürlich anzusehen.

Die Verleger von Mr. Owen haben meine volle Erlaubnis, diese Geschichte in der nächsten Ausgabe seines 'Debatable Land between this World and the Next' [Umstrittenes Land zwischen dieser Welt und der nächsten] zu übernehmen.

Sollten sie dies tun, werden ihre Leser zweifellos mit einer ausführlichen Analyse der Fakten und einer pseudophilosophischen Theorie über die spirituelle Gemeinschaft mit den Menschen beglückt werden. Meine Frau, die eine begeisterte Studentin der Elektrobiologie ist, ist geneigt, zu glauben, dass Weatherleys Geist, der durch das Wissen um seine Fälschung überlastet war, auf irgendeine okkulte Art und Weise, und für ihn selbst unbewusst, dazu gezwungen war, auf meine eigenen Sinne einzuwirken.

Ich ziehe es jedoch vor, einfach die Fakten zu schildern. Ich mag meine eigene Theorie über diese Fakten haben oder auch nicht. Es steht dem Leser völlig frei, sich seine eigene Meinung zu bilden, wenn er das will. Ich möchte erwähnen, dass Dr. Marsden bis zum heutigen Tag der Meinung ist, dass mein Verstand durch das Herannahen des Fiebers, das mich schließlich niederwarf, gestört wurde und dass alles, was ich beschrieben habe, lediglich das Ergebnis dessen war, was er mit einer reizvollen Umschreibung als 'einen anormalen Zustand des Systems bezeichnet, der durch Ursachen hervorgerufen wurde, die für eine spezifische Diagnose zu weit entfernt sind.'

Unabhängig davon, ob ich unter Halluzinationen litt oder nicht, waren die Informationen, die angeblich von meinem Onkel stammten, in allen Einzelheiten sehr genau. Die Tatsache, dass die Offenlegung später durch das Geständnis von Weatherley unnötig wurde, scheint mir kein Argument für die Halluzinationstheorie zu sein. Die Mitteilung meines Onkels war zu dem Zeitpunkt, als sie mir gegeben wurde, wichtig; und wir haben keinen Grund zu glauben, dass 'die, die vor uns gegangen sind', allgemein mit einem Wissen über die Zukunft begabt sind.

Es stand mir frei, die Tatsachen öffentlich zu machen, sobald sie mir bekannt wurden, und hätte ich dies getan, wäre Marcus Weatherley vielleicht verhaftet und für sein Verbrechen bestraft worden. Wäre ich nicht erkrankt, so hätte ich wohl im Laufe des Tages nach meiner Ankunft in Toronto Entdeckungen gemacht, die zu seiner Verhaftung geführt hätten.

Solche Spekulationen sind zwar nutzlos, aber sie waren oft das Gesprächsthema zwischen meiner Frau und mir. Auch Gridley greift, wann immer er uns besucht, das Thema auf, das er vor langer Zeit 'Das Geheimnis der Gerrard Street' genannt hat, obwohl es genauso gut 'Das Geheimnis der Yonge Street' oder 'Das Geheimnis der Union Station' heißen könnte. Hundertmal hat er mich gedrängt, die Geschichte zu veröffentlichen, und nun, nach all den Jahren, folge ich seinem Rat und übernehme seine Nomenklatur im Titel.

*

Gagtooths Abbild

Am Mittwoch, dem 4. September, 1884, fuhr ich gegen drei Uhr nachmittags auf der Yonge Street in Toronto auf dem Oberdeck eines überfüllten Pferdebusses. Er war auf dem Weg nach Thornhill, und mein eigenes Ziel war das dazwischen liegende Dorf Willowdale. Da ich erst seit kurzer Zeit in Kanada und in Toronto fast fremd war, wage ich, zu behaupten, dass ich mich mit mehr Aufmerksamkeit und Neugier umschaute, als man es von Personen gewohnt ist, die 'hier heimisch und geboren' sind. Wir hatten gerade die Isabella Street hinter uns gelassen und näherten uns rasch der Charles Street, als ich zu meiner Rechten ein großes, baufälliges Fachwerkgebäude bemerkte, das ein paar Meter von der Straße entfernt einsam dastand und wie ein echter alter Kuriositätenladen wirkte.

Hier wurde ein Geschäft mit gebrauchten Möbeln der schäbigsten Art betrieben, und das Ziel des Besitzers schien es zu sein, alle möglichen abgenutzten Waren und ziemlich unverkäuflichen Gegenstände zu sammeln. Jeder, der zu der angegebenen Zeit in Toronto lebte, wird sich an dieses Geschäft erinnern, das, wie ich später erfuhr, einem Mann namens Robert Southworth gehörte, der seinen Kunden als 'Old Bob' bekannt war.

Als wir uns dem Tor näherten, das in den Hof führte, der sich unmittelbar südlich an das Gebäude anschloss, ruhten meine Augen auf etwas, das sie augenblicklich weit öffnete und mich zwang, dem Kutscher zu signalisieren, dass er anhalten solle.

Kaum hatte er dies getan, stieg ich von meinem Sitz und bat ihn, seine Fahrt ohne mich fortzusetzen. Der Kutscher beäugte mich misstrauisch und hielt mich offenbar für einen seltsamen Kunden, aber er kam meiner Bitte nach und fuhr weiter in Richtung Norden, wobei er mich mitten auf der Straße stehen ließ.

Von meinem erhöhten Sitz auf dem Dach des Wagens aus hatte ich einen flüchtigen Blick auf eine kleine Marmorfigur erhascht, die auf einem Sockel in dem bereits erwähnten Hof stand, in dem mehrere andere Figuren aus Marmor, Holz, Bronze, Stuck und dergleichen zum Verkauf ausgestellt waren.

Die besondere Figur, die meine Aufmerksamkeit erregt hatte, war etwa fünfzehn Zentimeter hoch und stellte ein kleines Kind in Gebetshaltung dar. Jeder, der es zum ersten Mal sah, hätte es wahrscheinlich für eine Darstellung des Kleinkinds Samuel gehalten. Ich habe es für ein alltägliches Kunstwerk angesehen, was es zweifellos auch war; dennoch muss es eine gewisse Individualität besessen haben, denn der kurze Blick, den ich selbst aus dieser Entfernung erhascht hatte, reichte aus, um mich davon zu überzeugen, dass es sich bei der Figur um etwas mir Bekanntes handelte.

Aufgrund dieser Überzeugung stieg ich aus dem Bus und vergaß für den Moment alles andere als die Sache, die mich gerade beschäftigte.

Ich verlor keine Zeit, das Tor zum Hof zu durchschreiten und zu dem Sockel hinzugehen, auf dem die kleine Figur aufgestellt war. Als ich sie in die Hand genommen hatte, stellte ich fest, dass sie, wie ich erwartet hatte, nicht mit dem

Untersatz verbunden war, der aus einem ganz anderen Material bestand und viel aufwendiger gearbeitet war.

Als ich die Figur auf den Kopf stellte, fiel mein Blick auf diese Worte, die tief in den kleinen runden Thron eingeschnitten waren, auf dem die Figur ruhte: JACKSON: PEORIA, 1854.

In diesem Moment, als ich neben dem Sockel stand, kam der Besitzer des Etablissements auf mich zu. »Möchten Sie sich Sachen in dieser Art ansehen, Sir?«, fragte er, »wir haben drinnen noch mehr davon.«

»Was soll sie kosten?«, fragte ich und deutete auf die Figur in meiner Hand.

»Dies, Sir, können Sie fünfzig Cent haben – natürlich ohne den Sockel, der nicht dazu gehört.«

»Haben Sie die schon lange?«

»Ich weiß es nicht, aber wenn Sie einen Moment mit hereinkommen, kann ich es Ihnen sagen. Hier entlang, Sir.«

Ich nahm die Figur und folgte ihm in das, was er 'das Büro' nannte – ein kleines, schmutziges Zimmer, vollgestellt mit alten Möbeln im letzten Stadium der Verwahrlosung. Von einem Schreibtisch in einer Ecke nahm er einen großen Wälzer mit der Aufschrift 'Lagerbuch', in dem er nachschaute, nachdem er einen Blick auf eine Hieroglyphe geworfen hatte, die auf die Figur geklebt war, die ich in der Hand hielt.

»Ja, Sir – sie ist seit dem 14. März 1880 bei mir – ich habe sie bei einem Ausverkauf von Morris & Blackwells erworben, Sir.«

»Wer und was sind die Herren Morris & Blackwell?«, erkundigte ich mich.

»Sie waren Auktionatoren in der Adelaide Street in der Stadt, Sir. Irgendwann im letzten Winter scheiterten sie in ihrem Geschäft. Mr. Morris ist inzwischen gestorben, und ich glaube, Blackwell, der andere Partner, ist in die Staaten gegangen.«

Nach einigen weiteren Fragen und der Feststellung, dass er über das hinaus, was er mir bereits gesagt hatte, nichts über die Angelegenheit wusste, zahlte ich die fünfzig Cent, lehnte sein Angebot, mir meinen Kauf nach Hause zu schicken, dankend ab. Ich marschierte damit die Straße hinunter und machte mich auf den Weg zurück zum Hotel Rossin House, wo ich schon seit einigen Tage gewohnt hatte.

Aus dem Geschilderten lässt sich schließen, dass ich – ein Fremder in Kanada – einen besonderen Grund gehabt haben muss, mich auf meinen Reisen mit einem an sich wertlosen Stück gewöhnlichen Marmors aus Kolumbien zu belasten.

Ja, ich *hatte* einen Grund. Ich hatte diese kleine Figur vorher schon öfters gesehen; und das letzte Mal, dass ich sie vor der oben erwähnten Gelegenheit wahrgenommen hatte, war in der Stadt Peoria im Staat Illinois gewesen, irgendwann im Juni 1855.

Es gibt eine Geschichte, die mit dieser kleinen betenden Figur verbunden ist; eine Geschichte, die mich sehr berührt; und ich glaube, dass ich der einzige Mensch bin, der sie erzählen kann.

In der Tat bin ich nur in der Lage, einen Teil davon zu erzählen. Wie es dazu kam, dass genau diese Figur am 14. März 1880 in Toronto bei Morris & Blackwell versteigert wurde, oder wie sie überhaupt in diesen Teil der Welt gelangte, weiß ich ebenso wenig wie der Leser; aber ich kann wahrscheinlich alles Wissenswerte über die Angelegenheit erzählen.

Im Jahr 1850, und ich weiß nicht, wie lange davor, lebte in Peoria, Illinois, ein Schmiedegeselle namens Abner Fink. Ich nenne das Jahr 1850, weil ich mich in diesem Jahr selbst in Peoria niederließ und zum ersten Mal von ihm erfuhr; ich glaube aber, dass er damals schon länger dort gelebt hatte.

Er war in der Gießerei der Herren Gowanlock und Van Duzer angestellt und als hervorragender Arbeiter bekannt, der über beständige Gewohnheiten und einen guten moralischen Charakter verfügte – Eigenschaften, die zu der Zeit und an dem Ort, von dem ich schreibe, unter Personen seines Berufs und seines Lebensstandes keineswegs allgemeingültig, ja nicht einmal üblich waren. Aber er war noch auffälliger (nach dem Prinzip *lucus a non lucendo*) wegen einer anderen Eigenschaft, nämlich wegen seiner Zurückhaltung. Er sprach in der Tat nur sehr selten mit jemandem, es sei denn, er wurde aufgefordert, auf eine Frage zu antworten; und selbst dann fiel auf, dass er stets die wenigsten und einprägsamsten Worte seines Wortschatzes verwendete.

Wenn Kürze Inhalt und Seele eines guten Witzes sind, hätte Fink nach dieser Regel so ziemlich der witzigste Mann gewesen sein müssen, der je gelebt hat, den einsilbigen Mitreisenden, auf den man oft trifft, nicht ausgenommen.

Während seines gesamten Aufenthalts in Peoria hat er nie einen Brief von irgendjemandem erhalten, und soweit bekannt, hat er auch nie jemandem geschrieben. In der Tat gab es keinen Hinweis darauf, dass er überhaupt schreiben konnte. Er ging nie in die Kirche, nicht einmal in die 'Versammlung', besuchte nie eine öffentliche Veranstaltung und nahm nie Urlaub. Seine ganze Zeit verbrachte er entweder in der Gießerei, wo er arbeitete, oder in der Pension, in der er wohnte. In letzterer verbrachte er den größten Teil seiner erholsamen Stunden damit, entweder aus dem Fenster oder ins Feuer im Kamin zu schauen und anscheinend an nichts Besonderes zu denken.

Alle Bemühungen seiner Mitbewohner, ihn in ein Gespräch zu verwickeln, waren völlig erfolglos. Niemand im Haus wusste etwas über sein früheres Leben, und wenn seine Gesellen in der Werkstatt versuchten, ihn zu diesem Thema auszufragen, hatte er die Angewohnheit, einen strengen und finsteren Gesichtsausdruck aufzusetzen, der alle Versuche im Keim erstickte. Selbst seine Arbeitgeber konnten ihm in dieser Hinsicht nichts entlocken, außer der etwas vagen Information, dass er 'aus dem Osten' stamme. Der Vorarbeiter des Betriebes pflegte mit einem verzweifelten Versuch der Scherzhaftigkeit von ihm zu sagen, 'dass niemand wisse, wer er sei, woher er kommt, wohin er geht oder was er tun will, wenn er dort ankommt'. Und doch konnte dieser völlige Mangel an Umgänglichkeit kaum aus echter Mürrischkeit oder Unfreundlichkeit herrühren, denn es fehlte nicht an Fällen, in denen er sehr deutlich bewiesen hatte, dass sich hinter seinem rauen und ungehobelten Äußeren ein gütigeres und sanfteres Herz verbarg, als es die meisten Menschen besaßen.

Einmal war er unter Lebensgefahr von der Brücke gesprungen, die den Illinois River kurz oberhalb des Seeeingangs überspannt, und hatte ein ertrinkendes Kind aus den Tiefen des Flusses gefischt und in Sicherheit ans Ufer getragen. Dabei war er gezwungen gewesen, durch eine schnelle und starke Strömung zu schwimmen, die jeden Schwimmer, mit nur einem Teilchen weniger Kraft, Ausdauer und Beherztheit, mit sich gerissen hätte.

Als er ein anderes Mal beim Abendessen von seiner Wirtin hörte, dass im Haus eines kranken Mannes mit einer großen Familie am anderen Ende der Stadt eine Zwangsvollstreckung stattfand, ließ er sein Essen unberührt, stapfte zu dem angegebenen Ort und bezahlte – obwohl der Schuldner ihm völlig fremd war – die Schuld und die Kosten in voller Höhe, ohne eine Abtretung des Urteils oder eine andere Sicherheit anzunehmen. Dann ging er in aller Ruhe wieder an seine Arbeit. Da ich den wertlosen und mittellosen Charakter des Schuldners kenne, bin ich der Überzeugung, dass Fink nie einen Cent an Rückzahlung erhalten hat.

Von seinem Aussehen her war er klein und stämmig. Als ich ihn zum ersten Mal sah, muss er etwa fünfunddreißig Jahre alt gewesen sein. Die einzige Besonderheit in seinem Gesicht war eine abnormale Formation eines seiner Vorderzähne, der vor- und fast waagerecht abstand. Wie zu vermuten ist, trug dies nicht dazu bei, das ansonsten wenig ansehnliche Gesicht zu verschönern. Als einer der Amboss-Schläger ihn eines Tages in seiner Abwesenheit mit dem Namen 'Gagtooth' [deutsch: Vorstehzahn] bezeichnete, gefiel dieser Beiname dem 'guten Geschmack' der anderen Arbeiter in der Werkstatt, die ihn daraufhin häufig mit diesem Namen ansprachen, und schließlich wurde er von allen in der Stadt verwendet.

Meine Bekanntschaft mit ihm begann, als ich etwa eine Woche in Peoria war. Ich darf vorausschicken, dass ich Arzt und Chirurg bin – ein Absolvent von Harvard. Peoria war damals ein relativ neuer Ort, aber er versprach, sich schnell zu entwickeln; ein Versprechen übrigens, das er seitdem reichlich eingelöst hat.

Die Gießerei der Herren Gowanlock und Van Duzer war für eine kleine Stadt in einem relativ neuen Bezirk recht umfangreich. Sie beschäftigten das ganze Jahr über etwa einhundertfünfzig Mitarbeiter, und während der Hochsaison war diese Zahl mehr als doppelt so hoch. Die Ernennung zum Mediziner in diesem Betrieb war der Grund dafür, dass ich mich in den Westen absetzte, anstatt mich in meinem Heimatstaat Massachusetts niederzulassen.

Der arme 'Gagtooth' war einer meiner ersten chirurgischen Patienten und kam auf die folgende Weise zustande.

In der Gießerei waren zwei Tage in der Woche, nämlich dienstags und freitags, hauptsächlich dem sogenannten 'Gießen' gewidmet. An diesen Tagen mussten große Mengen geschmolzenen Eisens in speziell für diesen Zweck hergestellten Gefäßen von einem Ende der Gießerei zum anderen transportiert werden. Es war natürlich sehr wichtig, dass das Metall während des Transports nicht abkühlen durfte und dass so wenig Zeit wie möglich beim Transport vom Ofen zu den Formen verloren gehen sollte. Zu diesem Zweck wurden die Dienste von 'Gagtooth' häufig in Anspruch genommen, da er bei Weitem der stärkste Mann am Ort war und ohne Hilfe ein Ende eines der Gefäße tragen konnte, was schon als ziemlich gute Leistung für zwei gewöhnliche Männer angesehen wurde.

Nun, an einem unglücklichen Freitagnachmittag war er mit dieser Arbeit beschäftigt, und, wie bei allen Arbeitern in der Gießerei zu solchen Gelegenheiten üblich, war er von der Taille aufwärts nackt. Er stützte tapfer das eine Ende eines der bereits erwähnten großen Gefäße, das mit dem glühend heißen, geschmolzenen Metall etwas voller als gewöhnlich war. Er hatte den Formkasten, in den der Inhalt des Gefäßes gegossen werden sollte, fast erreicht, als er über ein Stück Holz stolperte, das ihm im Weg lag. Er stürzte, und als unweigerliche Folge davon kippte auch sein Ende des Gefäßes, wodurch der Inhalt über seinen ganzen Körper verschüttet wurde, der von der roten, zischenden, kochenden Feuerflüssigkeit regelrecht überschwemmt wurde. Den entsetzten Zuschauern muss es wie ein Blutbad vorgekommen sein.

Weitere Einzelheiten des schrecklichen Unfalls und meiner Behandlung des Falles mögen für diejenigen Leser dieses Buches interessant sein, die zufällig meinem eigenen Berufsstand angehören; für allgemeine Leser wären solche Details jedoch schlichtweg schockierend. Es ist mir bis heute ein Rätsel, wie selbst seine ungeheure Vitalität und seine kräftige Konstitution ihn das alles durchstehen ließen.

Ich bin heute sechsunddreißig Jahre älter als ich damals war. Seitdem war ich während der gesamten Zeit der großen Rebellion als Chirurg bei einem kämpfenden Regiment tätig. Ich hatte Patienten mit allen möglichen Temperamenten und Konstitutionen unter meiner Obhut, aber nie wurde ich mit einem Fall konfrontiert, der mir hoffnungsloser erschien. Er muss sicherlich mehr als ein Leben in sich gehabt haben.

Noch nie hatte ich ein so prächtiges Exemplar des menschlichen Körpers in Händen gehabt wie ihn; und noch besser – und das hat zweifellos wesentlich zu seiner Genesung beigetragen – ich habe noch nie einen Fall unter meiner Aufsicht gehabt, bei dem der Patient seine Leiden mit so gleichmäßiger Tapferkeit und Ausdauer ertrug. Es genügt zu sagen, dass er sich erholte und dass sein Gesicht keine Spuren der furchtbaren Tortur zeigte, die er durchgemacht hatte.

Ich glaube nicht, dass er jemals wieder ganz derselbe Mann wie vor seinem Unfall war, und ich bin überzeugt, dass sein Nervensystem einen Schock erlitten hatte, der sein Leben schließlich verkürzte. Aber er war immer noch als der unvergleichlich stärkste Mann in Peoria bekannt und verrichtete an den Tagen des Gießens weiterhin die Arbeit von zwei Männern.

In jeder anderen Hinsicht war er aber offenbar immer noch derselbe, und insbesondere kein bisschen geselliger als vor seinem Unfall. Ich begegnete ihm häufig auf der Straße, wenn er zwischen seiner Pension und der Werkstatt hin und her ging. Er war immer allein, und mehr als einmal blieb ich stehen und erkundigte mich nach seinem Befinden oder nach irgendetwas anderem, das ein geeignetes Gesprächsthema zu sein schien. Er war durchweg höflich und sogar respektvoll, beschränkte sich aber auf die Beantwortung meiner Fragen, was er wie üblich mit wenigen Worten tat.

In den zwölf Monaten nach seiner Genesung ereignete sich, soweit ich weiß, nichts, was es wert wäre, in den Annalen von 'Gagtooth' erwähnt zu werden. Ungefähr nach Ablauf dieser Zeit jedoch machte seine Wirtin in seinem Auftrag, auf seine Bitte hin und in seinem Beisein den am Esstisch versammelten Untermietern eine Ankündigung, die ihnen wohl allen buchstäblich den Atem verschlagen haben muss.

'Gagtooth' würde heiraten!

Ich glaube nicht, dass es ein größeres Erstaunen ausgelöst hätte, wenn man die Tatsache verkündet hätte, dass der Illinois River begonnen hat, rückwärts zu fließen. Es war überraschend, unglaublich, aber wie viele andere überraschende und unglaubliche Dinge auch, war es wahr. 'Gagtooth' wollte wirklich und wahrhaftig heiraten.

Das Objekt seiner Wahl war Lucinda Bowlsby, die Schwester seiner Vermieterin. Wie oder wann das Werben stattgefunden hatte, wie die Verlobung zustande gekommen war und mit welchen Worten die alles entscheidende Frage gestellt wurde, vermag ich nicht zu sagen. Ich brauche wohl kaum zu erwähnen, dass keiner der Untermieter vorher auch nur den leisesten Verdacht hegte, dass etwas Derartiges bevorstand.

Das Werben, von Anfang bis Ende, muss in gewisser Weise mit dem des Mr. Barkis* übereingestimmt haben. Aber ach! 'Gagtooth' hat seine Zuneigung nicht so klug eingeteilt, noch hat er in der Ehe-Lotterie einen solchen Preis gezogen wie Barkis.

[*Mr. Barkis, ein fiktiver Charakter in einer Novelle von Charles Dickens]

Man kann sich kaum zwei Frauen vorstellen, die unterschiedlicher sind als Peggotty* und Lucinda Bowlsby. Lucinda war neunzehn Jahre alt, hübsch und für ein Mädchen ihrer Klasse und ihres Standes recht gut ausgebildet. Aber sie war ein leichtfertiges Geschöpf – und ich fürchte, zu dieser Zeit noch etwas Schlimmeres. Jedenfalls hatte sie einen sehr zweifelhaften Ruf unter den Pensionsbewohnern des Hauses und wurde von allen, die etwas über sie wussten, mit Misstrauen betrachtet, den armen 'Gagtooth' ausgenommen.

[* die Angebetete von Mr. Barkis]

Zu gegebener Zeit fand die Hochzeit statt. Sie wurde in der Pension feierlich begangen, und das Brautpaar, das sich nicht an die üblichen Gepflogenheiten halten wollte, verbrachte seine Flitterwochen im eigenen Haus. 'Gagtooth' hatte am Rande der Stadt, am Ufer des Flusses, ein kleines Fachwerkhaus gemietet und eingerichtet. Dorthin hatte sich das Paar zurückgezogen, sobald der hochzeitliche Knoten gebunden war. Danach erschien der Bräutigam in seiner Schmiede und ging wie gewohnt an die Arbeit, als ob nichts vorgefallen wäre, was die Ruhe seines Lebens hätte stören können.

Die Zeit verging. Hin und wieder drangen Gerüchte an mein Ohr, dass Mrs. Fink sich nicht gut benahm und ihrem Mann das Leben schwer machte. Man hatte sie gesehen, wie sie mit einem jungen Anwalt aus Springfield aufs Land fuhr, der gelegentlich nach Peoria kam, um den Sitzungen des Bezirksgerichts beizuwohnen. Außerdem stand sie in dem Ruf, regelmäßig den Inhalt eines Bechers zu trinken, der eine aufmunternde und berauschende Wirkung hatte. Wie dem auch sei, ich wurde gerufen, um beim ersten Auftritt ihres kleinen Jungen auf der Bühne des Lebens zu assistieren, dem seine Eltern den Namen Charlie gegeben hatten.

In der Nacht von Charlies Geburt war ich zum ersten Mal in diesem Haus, und wenn ich mich recht erinnere, war es auch das erste Mal, dass ich Mrs. Fink seit ihrer Heirat zu Gesicht bekam. Es dauerte nicht lange, bis ich mir eine Meinung über sie gebildet hatte, und ich hatte reichlich Gelegenheit, mir eine Meinung über ihren Charakter zu bilden, denn sie war mehr als einen Monat lang nicht in der Lage, ihr Bett zu verlassen, und während dieser Zeit war ich fast täglich bei ihr.

Ich begleitete den kleinen Charlie auch bei Masern, Scharlach, Keuchhusten und all seinen Kinderkrankheiten, und tatsächlich war ich von seiner Geburt an bis zum Wegzug seines Vaters ein ziemlich regelmäßiger Besucher in diesem Haus, wie ich später noch berichten werde. Ich glaube, dass Mrs. Fink nicht nur eine verschwenderische Frau war, sondern ein in jeder Hinsicht durch und durch schlechtes Wesen. Sie verhielt sich ihrem Mann gegenüber, den sie schändlich vernachlässigte, völlig gleichgültig und ihrem Kind gegenüber fast gleichgültig. Sie schien sich um nichts in der Welt zu kümmern als um Kleider und starke

Drinks, und um sich das zu verschaffen, gab es keine Tiefe der Erniedrigung, zu der sie sich nicht herablassen würde.

Dadurch, dass ich seine Mutter in den ersten Lebensmonaten des kleinen Charlie ständig professionell betreut habe, lernte ich seinen Vater besser kennen, als irgendjemand in Peoria es je getan hatte. Er schien zu wissen, dass ich in seine häuslichen Probleme hineinblickte und mitfühlte, und mein stilles Mitgefühl schien ihm etwas Trost zu spenden.

Im Laufe der Monate und Jahre wurde das Verhalten seiner Frau immer schlimmer, und seine Zuneigung konzentrierte sich ganz auf sein Kind, das er mit einer leidenschaftlichen Hingabe liebte, zu der ich nie eine Parallele gesehen habe.

Und Charlie war ein Kind, das dazu gemacht war, geliebt zu werden. Im Alter von zwei Jahren war er ohne jeden Vergleich der liebste und schönste kleine Kerl, den ich je gesehen habe. Seine dicke, mollige, pausbäckige Figur, die Amors Gestalt nachempfunden war, sein lockiges, flachsfarbenes Haar, sein unvergleichlicher Teint, hell und klar wie der Himmel an einem sonnigen Sommertag, und seine hellen, runden, ausdrucksstarken Augen, die jedem seiner Züge Intelligenz verliehen, machten ihn zum Idol seines Vaters, zum Neid aller Mütter der Stadt und zur Bewunderung aller, die ihn sahen.

Mittags, wenn die große Gießereiglocke läutete, was das Signal für die Arbeiter war, zum Essen zu gehen, konnte man Charlie regelmäßig sehen, wie er, so schnell seine kräftigen kleinen Beine es zuließen, auf dem Fußweg über den Platz in

Richtung der Werkstätten watschelte. Ungefähr auf halber Strecke traf er auf seinen Vater, der das Kind in seine nackten, muskulösen, rauchgeschwärzten Arme nahm und es nach Hause trug – der Kontrast zwischen den beiden erinnerte stark an Vulcanus, dem Gottes Feuers und der Schmiede, und Amor.

Abends um sechs Uhr, wenn die Glocke das Ende der Arbeit ankündigte, spielte sich ein ähnliches kleines Schauspiel ab; schwer zu sagen, ob Vulcanus oder Amor mehr Freude an diesen halbtäglichen Ereignissen hatte.

Nach dem Tee waren die beiden nicht einen Moment lang getrennt. Während die Mutter vielleicht mit der Lektüre irgendeines wertlosen Romans beschäftigt war, saß der Vater mit seinem Liebling auf dem Schoß, hörte seinem kindlichen Geplapper zu und ging vielleicht so weit, dass er dem Kind eine kleine Geschichte erzählte.

Es schien eine Selbstverständlichkeit zu sein, dass die Mutter sich nicht um den Jungen kümmerte, solange ihr Mann im Haus war.

Regelmäßig, wenn die Uhr auf dem Kamin acht schlug, sprang Charlie vom Knie seines Vaters herunter, lief durch das Zimmer, um sein Nachthemd zu holen, und kehrte zu seinem Vater zurück, um es sich anziehen zu lassen. Dann kniete er nieder und sprach ein einfaches Gebet, in dem derjenige, der kleine Kinder wie Charlie liebte, gebeten wurde, Vater und Mutter zu segnen und ihn zu einem guten Jungen zu machen. Danach legte ihn sein Vater in sein Bettchen, wo er bald den Schlaf einer glücklichen Kindheit fand.

Mein eigenes Haus war nicht weit von ihrem entfernt, und ich mochte Charlie so sehr, dass es keine Seltenheit war, dass ich abends, wenn ich von meinem Büro zurückkam, für ein paar Minuten bei ihnen vorbeischaute.

Bei einer Gelegenheit, als es gerade sein Gebet sprach, fiel mir das Kind besonders auf,. Seine Augen waren geschlossen, seine kleinen pummeligen Hände waren gefaltet, und sein pausbäckiges Gesichtchen war nach oben gerichtet, mit einem Ausdruck von kindlichem Vertrauen und Anbetung, den ich nie vergessen werde. Ich habe noch nie etwas halb so Schönes gesehen, und ich erwarte auch nicht, dass ich jemals etwas anderes sehen werde.

Als er sich von seinen Knien erhob und zu mir kam, um 'Gute Nacht' zu sagen, küsste ich sein nach oben gekehrtes Gesichtchen mit noch größerer Inbrunst als sonst. Nachdem er zu Bett gebracht worden war, sprach ich seinen Vater darauf an und sagte etwas von meinem Bedauern darüber, dass der Ausdruck des Kindes nicht von einem Bildhauer eingefangen und in Stein gemeißelt worden war.

Ich ahnte nicht, welche Wirkung meine Bemerkung haben würde.

Einige Abende später teilte er mir zu meinem Erstaunen mit, dass er sich entschlossen habe, die Idee, die ihm meine Worte nahegelegt hatten, in die Tat umzusetzen, und dass er, Heber Jackson, den Marmorschneider, angewiesen habe, sich an die Arbeit zu machen, um ein 'steinernes Abbild' des kleinen Charlie zu schaffen und es so schnell wie möglich fertigzustellen.

Er schien nicht zu begreifen, dass die ordnungsgemäße Ausführung einer solchen Aufgabe mehr als bloßes mechanisches Geschick erforderte und dass ein gewöhnlicher Grabsteinschneider kaum die Art von Künstler war, der ihr gerecht werden konnte.

Als jedoch des 'steinerne Abbild' fertiggestellt und ihm nach Hause geschickt worden war, verfiel ich zugegebenermaßen in großes Erstaunen, wie gut Jackson das hinbekommen hatte. Er hatte natürlich nicht den ganz genauen Ausdruck des Kindes eingefangen. Wahrscheinlich hat er den Ausdruck auf Charlies Gesicht, der mir so schön erschien und der mich auf die Idee gebracht hatte, ihn 'in Marmor zu verkörpern', wie die Fachleute es nennen, nie gesehen.

Aber das Werk war auf jeden Fall – und wie in Auftrag gegeben – ein 'Abbild'. Die echten Züge waren vorhanden, und ich hätte es auf den ersten Blick als eine Darstellung meines kleinen Freundes erkannt, wo immer ich es auch gesehen hätte. Kurzum, es war genau eines jener Kunstwerke, die für jemanden, der den dargestellten Gegenstand nicht kennt oder sich nicht dafür interessiert, keinerlei künstlerischen Wert haben. Da ich aber den kleinen Charlie kannte und liebte, gestehe ich, dass ich Jacksons Kunstwerk mit einer Bewunderung und Begeisterung betrachtete, die der Inhalt italienischer Galerien in mir nicht zu wecken vermochte.

Die Monate vergingen wie im Fluge, bis die Stadt im Frühjahr 1855 durch den plötzlichen und völlig unerwarteten Konkurs der Herren Gowanlock und Van Duzer, die bis dahin als eine der wohlhabendsten und blühendsten Firmen des Staates gegolten hatten, aufgeschreckt wurde. Ihr Scheitern war nicht nur ein großes Unglück für die Arbeiter, die auf diese Weise ihren Arbeitsplatz verloren – die Gläubiger führten das Geschäft nicht weiter – sondern es wurde auch als ein öffentliches Unglück für die Stadt und die Nachbarschaft betrachtet, deren Wohlstand durch die Führung eines so umfangreichen Unternehmens in ihrer Mitte und durch den Unternehmergeist und die Energie der Eigentümer, die beide erstklassige Geschäftsleute waren, in nicht unerheblichem Maße gesteigert worden war.

Das Scheitern war weder auf Unehrlichkeit noch auf mangelnde Vorsicht seitens der Herren Gowanlock und Van Duzer zurückzuführen, sondern einfach auf die Erfindung eines neuen Patents, das ein bestimmtes landwirtschaftliches Gerät, das die Spezialität des Unternehmens darstellte und von dem ein enormer Lagerbestand vorhanden war, wertlos machte. Es bestand nicht die geringste Hoffnung, dass das Unternehmen wieder auf die Beine kommen könnte. Die Partner gaben fast alles bis auf den letzten Dollar auf und verließen Illinois kurz darauf in Richtung Kalifornien.

Dieser Misserfolg, der mehr oder weniger die gesamte Bevölkerung von Peoria betraf, war für den armen Fink besonders verheerend. In den vergangenen Jahren hatte er Geld gespart, und da die Herren Gowanlock und Van Duzer auf alle Einlagen, die ihre Arbeiter bei ihnen hinterließen, großzügige Zinsen gewährten, blieben alle seine überschüssigen Einkünfte unangetastet. Dies hatte zur Folge, dass die über Jahre angesammelten Gelder mit einem Schlag vernichtet wurden und er sich in Armut wiederfand.

Und als ob sich das Unglück nicht damit begnügte, ihn so schwer zu treffen, erkrankte er noch am Tag des Scheiterns an Typhus – nicht an dem in Kanada bekannten Typhus – der schlimm genug ist – sondern an dem schrecklichen, fauligen Typhus des Westens, der nirgendwo sonst auf der Welt vorkommt und bei dem die Sterblichkeit in manchen Jahren vierzig Prozent erreicht.

Natürlich wurde ich sofort hinzugezogen. Ich tat mein Bestes für den Patienten, was sehr wenig war. Ich bemühte mich jedoch, seine Frau nüchtern zu halten und sie zu zwingen, ihn vernünftig zu pflegen.

Den kleinen Charlie nahm ich mit zu mir nach Hause, wo er blieb, bis sein Vater so weit genesen war, dass keine Ansteckung mehr zu befürchten war.

In der Zwischenzeit wusste ich nichts davon, dass das Geld von 'Gagtooth' in den Händen seiner Arbeitgeber deponiert worden war, und wusste folglich auch nichts von seinem Verlust. Ich erfuhr diesen Umstand erst Wochen später.

Ich hatte keinen Grund zur Annahme, dass seine Frau in irgendeiner Weise in Geldnöten sein könnte, denn einmal, als ihr Mann bereits vierzehn Tagen darniedergelegen hatte, sah ich sie mit einer Rolle Geldscheine in der Hand. Ich ahnte nicht, wie sie sich diese beschafft hatte.

Kurz nachdem mein Patient begonnen hatte, sich jeden Tag für eine Weile in seinen Sessel zu setzen, bettelte er so sehr um die Anwesenheit des kleinen Charlie, dass ich, sobald ich mich davon überzeugt hatte, dass alle

Ansteckungsgefahren vorüber waren, zustimmte, das Kind in sein eigenes Haus zurückkehren zu lassen.

Nach weniger als einem Monat war der Kranke in der Lage, jeden Tag bei schönem Wetter einige Minuten im Garten spazieren zu gehen, und Charlie war dabei sein ständiger Begleiter.

Die Zuneigung des armen Mannes zu seinem flachsfarbenen Liebling zeigte sich in jedem seiner Blicke und in jedem Ton seiner Stimme. Hundertmal am Tag küsste er den kleinen Kerl und tätschelte ihn auf den Kopf. Er erzählte ihm Geschichten, bis er selbst völlig erschöpft war, und obwohl ich wusste, dass dies seine vollständige Genesung verzögern würde, brachte ich es nicht übers Herz, es zu verbieten. Seitdem bin ich oft dankbar, dass ich diesbezüglich nie einen Versuch unternommen hatte.

Endlich kam der 15. September. Am Morgen dieses Tages hielt der 'Gemeinsame Zirkus und die Menagerie' der Herren Rockwell und Dunbar ihren triumphalen Einzug in Peoria und sollte auf der Wiese unten am Flussufer seine Zelte aufschlagen.

Die Vorstellung war schon seit einem Monat auffällig beworben und an jeder kahlen Wand in der Stadt plakatiert worden. Alle Kinder im Ort, auch der kleine Charlie, waren ganz wild darauf.

Signor Martigny sollte eine Höhle mit drei ausgewachsenen Löwen betreten und die schreckliche und widerliche Tortur über sich ergehen lassen, die bei solchen Gelegenheiten üblich war.

'Gagtooth' war natürlich nicht in der Lage, mitzugehen; aber da er seinem Kind kein vernünftiges Vergnügen verwehren wollte, hatte er zugestimmt, dass Charlie mit seiner Mutter hinging.

Ich kam auf meinem Heimweg zum Abendessen zufällig an dem Haus vorbei, als die beiden gerade aufbrechen wollten, und rief, um mich von meinem Patienten zu verabschieden. Niemals werde ich die Umarmung und den Kuss vergessen, mit denen der Vater den kleinen Jungen bedachte.

Jetzt noch, nach all den Jahren, sehe ich sie fast so deutlich vor mir, wie an jenem schrecklichen 15. September 1855. Sie klammerten sich regelrecht aneinander und schienen sich nicht einmal für die zwei oder drei Stunden, die die Vorstellung dauern sollte, trennen zu wollen. Ich sehe auch die Mutter, die ungeduldig in der Tür wartete und zu Charlie sagte, dass sie zu spät kämen, um zu sehen, wie Samson den Löwen tötet, wenn er nicht mit dem Unsinn aufhören würde.

Sie – der Himmel möge ihr helfen – dachte nicht und kümmerte sich auch nicht um das Vergnügen, das das Kind aus der Unterhaltung ziehen sollte. Sie war nur um ihrer selbst willen besorgt, ungeduldig, ihr gutes Aussehen und ihre billigen Kleider den über zweitausend Menschen zu zeigen, die sich in dem riesigen Zelt versammelt hatten.

Schließlich brachen sie auf. 'Gagtooth' stand auf, ging zur Tür und folgte ihnen mit den Augen, so weit er sie auf der staubigen Straße sehen konnte. Dann kehrte er zurück und setzte sich auf seinen Stuhl. Armer Kerl! Es war ihm bestimmt, keinen der beiden lebend wiederzusehen.

Trotz ihrer Befürchtung, sie könnte nicht rechtzeitig zum Beginn der Vorstellung eintreffen, erreichten Mrs. Fink und ihr Schützling das Gelände mindestens eine halbe Stunde vor Öffnung der Kasse; und ich bedaure sagen zu müssen, dass diese halbe Stunde ausreichte, um sie in die Lage zu versetzen, eine Bekanntschaft mit einem der Requisiteure des Etablissements zu machen, bei dem sie sich so 'sympathisch' gemacht hatte, dass er sie und Charlie umsonst in das Zelt ließ.

Sie wurde nicht am Vordereingang eingelassen, sondern im hinteren Teil des Zeltes, von wo aus die Darsteller eintreten. Sie setzte sich gleich links von diesem Eingang, direkt neben den Löwenkäfig. Es dauerte nicht lange, bis die Vorstellung begann.

Signor Martigny betrat, als er an der Reihe war, wie angekündigt den Käfig; aber es dauerte nicht lange, bis er durch verschiedene Zeichen, die man nicht missverstehen konnte, feststellte, dass seine Schützlinge an diesem Tag nicht in der Stimmung waren, mit ihm zu spielen. Sogar der Chef der Areana sah von seinem Platz in der Mitte der Manege aus, dass der alte König des Waldes, der größte und bösartigste der Löwen, Unheil im Sinn hatte, und rief dem Signore zu, aus dem Käfig zu kommen.

Der Signore, der das Tier nicht aus den Augen ließ, begann, sich aus der Höhle zurückzuziehen. Er hatte die Tür geöffnet und wollte gerade hindurchgehen, als der alte König mit einem Gebrüll, das die Erde zu erschüttern schien, von der gegenüberliegenden Seite des Käfigs auf ihn zusprang, ihn wie einen Kegel zu Boden warf und durch die Öffnung in die Menge stürzte. Blitzschnell folgten die beiden anderen.

Und so rannten drei wilde Löwen vollkommen frei herum, inmitten von mehr als zweitausend Männern, Frauen und Kindern.

Ich möchte mich so kurz wie möglich über die Einzelheiten auslassen. Ich bin dankbar, dass ich nicht dabei war und den Vorfall nicht aus eigener Anschauung beschreiben kann.

Der arme kleine Charlie und seine Mutter, die in der Nähe des Käfigs saßen, waren die allerersten Opfer. Das Kind selbst, so glaube und hoffe ich, hat nie erfahren, was ihm angetan wurde. Sein Schädel wurde durch einen Schlag der Pranke des Tieres zertrümmert. Signor Martigny entkam mit zerfetztem rechten Arm. Big Joe Pentland, der Clown, zertrümmerte mit einem gezielten Hieb des Brecheisens den Kiefer des alten Königs des Waldes in hundert Stücke, aber nicht bevor er sich in der linken Brust von Charlies Mutter geschlossen hatte. Sie lebte danach noch fast eine Stunde lang, brachte aber keine einzige Silbe mehr heraus.

Ich frage mich, ob sie bei Bewusstsein war. Ich frage mich, ob es ihr vergönnt war, ihre Sünde zu erkennen – denn es musste eine Sünde gewesen sein, die sie, wenn auch nicht in der Tat, so doch in der Absicht – über sie und ihr Kind gebracht hatte.

Hätte sie ihren Weg in den Zirkus bezahlt und wäre vorne hineingegangen, anstatt mit dem Requisiteur zu kokettieren, hätte sie in einem anderen Teil des Zeltes gesessen, und weder sie noch Charlie wären verletzt worden, denn die beiden jüngeren Löwen wurden erschossen, bevor sie zehn Schritte von der Käfigtür weggesprungen waren. Der alte

König war nach dem gewaltigen Schlag von Joe Pentland leicht zu erledigen. Außer Charlie und seiner Mutter wurden zwei Männer und eine Frau auf der Stelle getötet; eine weitere Frau starb am nächsten Tag an den erlittenen Verletzungen, und mehrere andere Personen wurden mehr oder weniger schwer verletzt.

Unmittelbar nach dem Abendessen war ich aufs Land gefahren, um einen beruflichen Besuch zu machen, sodass ich erst einige Stunden später wusste, was geschehen war. Ich erfuhr es jedoch noch vor meiner Ankunft in der Stadt, als ich mich auf den Heimweg machte. Zu sagen, dass ich unsagbar erschüttert und betrübt war, würde nur eine recht dumme und menschliche Plattitüde wiederholen. Ich hatte den armen kleinen Charlie fast so sehr lieben gelernt, wie ich meine eigenen Kinder liebte. Und sein Vater – welche Folgen würde das für ihn haben?

Ich fuhr direkt zu seinem Haus, das voller Menschen war – Nachbarn und andere, die gekommen waren, um so viel Trost zu spenden, wie es die Umstände zuließen. Ich schäme mich nicht, zuzugeben, dass ich in dem Moment, in dem mein Blick auf dem trauernden Vater ruhte, in Tränen ausbrach.

Er saß mit dem Körper seines Kindes auf dem Schoß und schien buchstäblich zu Stein geworden zu sein. Ein Luftzug kam durch die offene Tür herein und brachte seine dünnen eisengrauen Locken in Bewegung, während er in seinem Sessel saß. Er nahm nichts mehr wahr, nicht einmal die Anwesenheit von Fremden. Seine Augen waren starr und glasig. Kein Laut, nicht einmal ein Stöhnen, kam über seine Lippen, und erst nachdem ich seinen Puls gefühlt hatte, konnte ich mit Gewissheit sagen, dass er lebte.

Als ich den geschundenen Leichnam seines Kindes behutsam von seinen Knien nahm und auf das Bett legte, ging für einen Augenblick ein kurzer Schimmer von Lebendigkeit über seine Züge, aber er verfiel schnell wieder in Starrheit. Wie ich erfuhr, saß er so da, seit er den Leichnam zum ersten Mal aus den Armen von Joe Pentland erhalten hatte, der ihn nach Hause gebracht hatte, ohne sein Clownskostüm zu wechseln. Der Himmel möge mir wünschen, dass ich nie wieder einen solchen Anblick erlebe, wie ihn der arme, halb erholte Invalide in dieser Nacht und noch einige Tage danach bot.

Die nächsten drei Tage verbrachte ich so viel Zeit mit ihm, wie ich konnte, denn ich fürchtete entweder einen Rückfall des Fiebers oder den Verlust seines Verstandes. Die Nachbarn waren sehr freundlich und nahmen die Last der Beerdigung auf sich. Fink selbst schien alles für selbstverständlich zu halten und mischte sich in nichts ein. Als es an der Zeit war, die Sargdeckel zu schließen, konnte ich es nicht zulassen, dass diese Zeremonie durchgeführt wurde, ohne ihm die Gelegenheit zu geben, die toten Lippen seines Schatzes ein letztes Mal zu küssen. Ich führte ihn behutsam an die Seite des Bettes, auf dem die beiden Särge standen. Beim Anblick des toten Gesichts seines kleinen Jungen fiel er in Ohnmacht, und bevor er wieder zu sich kam, hatte ich die Lider geschlossen. Es wäre eine Grausamkeit gewesen, ihn ein zweites Mal dieser Tortur auszusetzen.

Am Tag nach der Beerdigung hatte er sich von dem Schock so weit erholt, dass er sprechen konnte. Er teilte mir mit, dass er beschlossen habe, die Gegend zu verlassen, und bat mich, ein Schild anfertigen zu lassen, wo er alle seine Möbel und Gegenstände zur Versteigerung anbot. Er habe die Absicht, alles zu verkaufen, bis auf Charlies Kleidung und seine eigene, die er zusammen mit einer Haarlocke des Kindes und ein paar seiner Spielsachen mitnehmen wolle.

»Aber natürlich«, bemerkte ich, »Sie haben doch nicht die Absicht, auch das steinerne Abbild zu verkaufen?« Er schaute mich etwas seltsam an und gab keine Antwort. Ich schaute mich im Zimmer um, und zu meiner Überraschung war die kleine Statue nirgends zu sehen. Da fiel mir ein, dass ich sie nicht mehr gesehen hatte, seit 'Gagtooth' krank geworden war.

»Übrigens, wo ist es?«, fragte ich. »Ich sehe es nicht.«

Nach einigem Zögern erzählte er mir die ganze Geschichte. Da erfuhr ich zum ersten Mal, dass er durch den Konkurs der Firmen Gowanlock und Van Duzer seine gesamten Ersparnisse verloren hatte und dass an dem Morgen, an dem er krank geworden war, nur ein Dollar im Haus gewesen war. An jenem Morgen hatte er seine Frau von seinem Verlust in Kenntnis gesetzt, sie aber zur Verschwiegenheit verpflichtet, da sowohl Gowanlock als auch Van Duzer ihm feierlich versprochen hatten, dass er, da sie ihre Schulden ihm gegenüber als etwas anderes als ihre gewöhnlichen Verbindlichkeiten betrachteten, mit Sicherheit aus dem ersten ihnen zur Verfügung stehenden Geld vollständig bezahlt werden sollte. Er verließ sich voll und ganz auf ihr Wort und bat mich, das Geld bei seiner Ankunft in Empfang zu nehmen und es so lange zu verwahren, bis er mich auf dem Postweg oder anderweitig darüber unterrichtete, wie ich darüber zu verfügen habe. Dem stimmte ich natürlich zu.

Den Rest der Geschichte könne er nur aufgrund der Schilderungen seiner Frau wiederholen, aber ich habe keinen Grund, irgendeinen Teil davon zu bezweifeln.

Es scheint, dass seine Frau ein oder zwei Tage nach Beginn seiner Krankheit und nachdem er empfindungslos geworden und mit seinem Verstand am Ende war, nicht mehr gewusst hatte, wie sie das Geld für das Nötigste im Haus zu besorgen könnte, und ich wage zu behaupten, dass sie mehr für Alkohol als für das Nötigste ausgab. Sie erklärte, dass sie sich entschlossen hatte, mich um ein Darlehen zu bitten, als ein Fremder das Haus aufgesucht hatte, der, wie er sagte, von dem kleinen Statuette angezogen worden war, die auf dem Fenstersims stand und somit für die Vorübergehenden sichtbar war.

Er gab sich als Mr. Silas Pomeroy, Kaufmann, aus der Myrtle Street in Springfield, zu erkennen, und sagte, das Gesicht des kleinen Bildes erinnere ihn frappierend an das Gesicht seines eigenen Kindes, das einige Zeit zuvor gestorben war. Er hatte nicht vermutet, dass es sich bei der Figur um das Abbild einer Person handelte, und war in der Hoffnung, sie erwerben zu können, spontan auf das Bild zugegangen. Er war bereit, einen hohen Preis zu zahlen. Die Verhandlung endete damit, dass er das Abbild mitnahm und an seiner Stelle hundert Dollar hinterließ. Das war das besagte, von mir erwähnte Geld, mit dem Mrs. Fink seither ihr Haus geführt hatte.

Ihr Mann wusste natürlich wochenlang nichts davon. Als es ihm wieder besser ging, hatte ihn seine Frau mit den Tatsachen vertraut gemacht. Er hatte ihr keinen Vorwurf gemacht und war entschlossen, das Abbild um jeden Preis zurückzukaufen, sobald er genug Geld verdienen konnte. Eine Kopie zu bekommen, kam nicht infrage, denn Heber Jackson war von der Typhusepidemie dahingerafft worden, und Charlie hatte sich in den fünfzehn Monaten, die seit der Fertigstellung des Abbildes verstrichen waren, stark verändert. Und nun war der arme kleine Charlie selbst nicht mehr da, und der große Wunsch seines Vaters war es, das Abbild wieder in Besitz zu nehmen. Sobald der Verkauf abgeschlossen war, würde er sich nach Springfield begeben, Pomeroy seine Geschichte erzählen und ihm sein Geld zurückgeben. Was seine weiteren Pläne anging, so wisse er nicht, was er tun oder wohin er gehen würde, aber er würde sicher nie wieder in Peoria leben.

Nach ein paar Tagen war der Verkauf abgeschlossen, und 'Gagtooth' machte sich mit etwa dreihundert Dollar in der Tasche auf den Weg nach Springfield, siebzig Meilen von Peoria entfernt. Er hoffte, in etwa zehn Tagen zurückzukehren, und dann sollte ein Grabstein für Charlies Grab fertig sein. Für seine Frau hatte er keinen bestellt, da sie nicht im selben Grab wie das Kind begraben wurde, sondern in einem Grab direkt neben dem Kind.

Er kehrte innerhalb von zehn Tagen zurück, doch seine Reise war ergebnislos verlaufen. Pomeroy war zahlungsunfähig geworden und hatte sich einen Monat zuvor aus Springfield abgesetzt. Niemand wusste, wohin er gegangen war, aber er musste das Abbild mitgenommen haben, da es nicht zu den Sachen gehörte, die er zurückgelassen hatte. Seine Freunde wussten, dass er sehr an dem Abbild hing, weil es eine echte oder eingebildete Ähnlichkeit mit seinem toten Kind hatte. Nichts lag also näher, als anzunehmen, dass er es mitgenommen hatte.

'Gagtooth' verkündete mir seine Entschlossenheit, eine Expedition zu starten, um Pomeroy zu finden, und die Suche niemals aufzugeben, solange sein Geld reichen würde. Er hatte keine Ahnung, wo er nach dem Flüchtigen suchen sollte und dachte, dass er es zuerst in Kalifornien versuchen würde. Er konnte kaum erwarten, in den nächsten Monaten irgendeine Überweisung von Gowanlock und Van Duzer zu erhalten, aber er würde mir von Zeit zu Zeit seine Adresse mitteilen, und wenn etwas von ihnen einträfe, könnte ich es an ihn weiterleiten.

Nachdem er gesehen hatte, wie der Grabstein am Grab des kleinen Charlie aufgestellt wurde, verabschiedete er sich von mir, und das war das letzte Mal, dass ich ihn lebend sah.

Mehr gibt es nicht zu erzählen. Ich nahm an, dass er sich im fernen Westen aufgehalten hatte, um seine Nachforschungen fortzusetzen, bis zu einer Nacht im frühen Frühjahr des folgenden Jahres. Charlie und seine Mutter waren in einer Ecke des Friedhofs begraben worden, der an die zweite Baptistenkirche angrenzte, die damals ganz am Rande der Stadt lag, an einem einsamen, wenig besuchten Ort, nicht weit von der Eisenbrücke. Am späten Abend des 7. April 1856 sah eine Frau, die in der kalten Dämmerung die Straße entlangging, ein sperriges Etwas, das auf Charlies Grab ausgebreitet war. Sie ging zum nächstgelegenen Haus und erklärte, sie glaube, dass ein Mann tot auf dem Friedhof liege. Beim Nachsehen stellte sich heraus, dass ihre Vermutung richtig war.

Und dieser Mann war 'Gagtooth'.

Er war tot; zweifellos teilweise durch die Kälte, der er ausgesetzt war, aber vor allem, so glaube ich, durch ein gebrochenes Herz. Wo hatte er die sechs Monate verbracht, die vergangen waren, seit ich mich von ihm verabschiedet hatte? Auf diese Frage kann ich keine Antwort geben, aber so viel war klar: Er hatte sich gerade noch rechtzeitig zurückgeschleppt, um am Grab des kleinen Jungen zu sterben, den er so sehr geliebt hatte und dessen kurze Existenz wahrscheinlich den einzigen Lichtblick im Leben seines Vaters dargestellt hatte.

Ich ließ ihn in demselben Grab wie Charlie begraben, und dort, am Ufer des Illinois River, 'schläft er gut nach dem unruhigen Fieber des Lebens.'

Von seinen früheren Arbeitgebern habe ich nie eine Überweisung erhalten, und ich habe auch nie wieder etwas von Silas Pomeroy erfahren. In der Tat sind seit den oben geschilderten Ereignissen so viele Jahre vergangen; Jahre, die mit großen Ereignissen für die amerikanische Republik verbunden waren; Ereignisse, von denen ich stolz sagen kann, dass ich meinen Teil dazu beigetragen habe, dass die Anforderungen des Lebens fast jede Erinnerung an diese Episode aus meinem Gedächtnis gelöscht hatte, bis ich, wie in den ersten Absätzen dieser Geschichte beschrieben, die einst 'Gagtooth' gehörende kleine Statue und Abbild seines kleinen Sohnes vom Dach eines Thornhill-Pferdebusses aus sah. Sie ist jetzt in meinem Besitz, und keine Notlage, die weniger dringlich ist als die, unter der es an Silas Pomeroy in der Myrtle Street in Springfield verkauft wurde, wird mich jemals dazu bringen, mich von ihm zu trennen.

Das Spukhaus in der Duchess Street

EINE ERZÄHLUNG GEWISSER SELTSAMER EREIGNISSE, DIE SICH ANGEBLICH IN YORK, OBERKANADA, UM DAS JAHR 1823 EREIGNET HABEN.

Über allem hing der Schatten der Angst
Ein geheimnisvolles Gefühl überkam den Geist
Und sagte, wie ein deutliches Füstern ins Ohr
An diesem Ort spukt es
Thomas Hood, 1799 – 1845

I. Vor dem Haus

Ich nehme an, dass es noch einige Leute gibt, die heute in Toronto leben und sich an das seltsame alte Haus in der Duchess Street erinnern. Nicht, dass es etwas besonders Bemerkenswertes an dem Haus selbst gegeben hätte, das in seinen besten Tagen einen eher gemütlichen und respektablen Eindruck machte. Aber die Ereignisse, von denen ich nun berichten werde, haben ihm einen schlechten Ruf eingebracht und es zu einem Objekt gemacht, das man lieber aus sicherer Entfernung betrachtet, als sich ihm zu nähern.

Schulkinder hatten es oft misstrauisch beäugt, wenn sie auf ihrem Weg zu ihrem täglichen Unterricht vorbeiliefen. Selbst größere Jugendliche zeigten kein unziemliches Verlangen, allzu neugierig in das Innere des Hauses einzudringen. Jahrelang wurde die Schwelle nur selten oder gar nicht von irgendjemandem überschritten, außer von

Simon Washburn oder einigen seiner Angestellten. Sie betraten etwa einmal im Monat in aller Stille das Haus, um Schilder anzubringen oder nach ihnen zu sehen, die besagten, dass das Haus 'zu verkaufen' oder 'zu vermieten' sei.

Das Geld für den Druck dieser Hinweisschilder hätte man sich sparen können, denn von dem Zeitpunkt an, an dem die Geschichte des Hauses bekannt wurde, wollte niemand mehr das Experiment wagen, in dem Haus zu wohnen. Bei einem Haus verhält es sich, in nicht geringerem Maße, wie bei einer Person – ein schlechter Ruf ist leichter zu erlangen, als ihn zu verlieren. Das Haus in der Duchess Street war dermaßen fest im Griff seines unheimlichen Rufs, dass ihn die Zeit nicht lockern konnte. Es war eindeutig und ausdrücklich ein Ort, von dem man sich fernhalten sollte.

Das Haus wurde ursprünglich von einem Mitglied der Familie Ridout – ich glaube vom Generalinspektor selbst – kurz nach dem Ende des Krieges von 1812 erbaut. Es blieb noch ein oder zwei Jahre über den Zeitpunkt hinaus intakt, als die Stadt York zur Stadt Toronto wurde. Dann wurde es teilweise abgerissen und in eine rentablere Investition umgewandelt.

Der neue Gebäudekomplex, bei dem es sich um eine Schindel- oder Daubenfabrik handelte, brannte 1843 oder 1844 nieder, und das Gelände blieb bis vor Kurzem unbewohnt. Als ich den Ort vor einigen Wochen besuchte, fiel es mir nicht leicht, den genauen Standort des alten Hauses zu bestimmen, wo sich eine unscheinbare Reihe dunkelroter Ziegelstein-Mauern befindet. Es erscheint einem so, als wären sie schon seit ewigen Zeiten dort, obwohl die Häuser, wie mir gesagt wurde, erst im letzten Vierteljahrhundert errichtet worden waren.

So unattraktiv sie auch erscheinen, sind sie noch nicht einmal der schlimmste Anblick in der Landschaft, die unbeschreiblich nüchtern und verwahrlost ist. Auf Schritt und Tritt starrt der Betrachter auf baufällige, heruntergekommene Mietskasernen aus verfallenem Lattenwerk und Putz.

Während des größten Teils des Tages wird die Einsamkeit der Umgebung nur durch die Schritte eines zufälligen Wanderers wie mir unterbrochen, und über allem herrscht eine allgemeine Atmosphäre der grässlichen Verwüstung. Wenn man das unbelebte Pflaster entlanggeht, fällt es einem schwer zu begreifen, dass dies einst ein durchaus nicht unmodernes Viertel der Hauptstadt von Oberkanada war.

Das alte Haus stand vierzig oder fünfzig Fuß von der Straße entfernt auf der Nordseite und überblickte die Gewässer der Bucht. Das Grundstück war durch einen niedrigen Lattenzaun von der Straße abgegrenzt, und der Zugang erfolgte durch ein kleines Tor.

In jenen zurückliegenden Zeiten gab es nur wenige Gebäude zwischen der Duchess Street und der Uferpromenade, und diese wenigen waren nicht sehr pompös, sodass man bei nebelfreier Atmosphäre von den Fenstern des oberen Stockwerks aus das gesamte hintere Ufer der Halbinsel, die heute zu 'The Island' geworden ist, überblicken konnte.

Von der Struktur her war es, wie die meisten der damals in York errichteten Gebäude, ein Fachwerkbau und hatte für diese Zeit beachtliche Ausmaße. Es musste mindestens acht oder neun Räume beinhaltet haben, war zweistöckig und wies an den Fenstern des Obergeschosses eine Menge bemalter Laubsägearbeiten auf.

Unmittelbar hinter dem Haus stand eine stattliche Ulme, deren weit ausladende Äste den größten Teil des Hinterhofs und der Nebengebäude überschatteten. Und das ist alles, was ich über das Äußere des Ortes in Erfahrung bringen konnte.

II. Im Haus

Eine kleine Verandatür, etwa auf halber Höhe der Westseite, war der gewöhnlich genutzte Ein- und Ausgang des Hauses. Diese Tür führte in eine Wohnung, die als Wohn- und Esszimmer diente und durch eine Innentür mit der Küche und den hinteren Räumen verbunden war. Es gab jedoch einen ziemlich breiten Vordereingang, zu dem man über eine kurze Holztreppe gelangte und der in einen großzügigen Flur führte.

Auf der rechten Seite dieses Flurs öffnete sich eine Tür zu einem Salon, der nur selten benutzt wurde, da die Bewohner des Hauses nicht viel elegante Gesellschaft empfingen. Auf der linken Seite des Flurs führte eine weitere Tür in das bereits erwähnte Esszimmer.

Eine Treppe gegenüber dem Vordereingang ging hinauf in das Obergeschoss, das aus mehreren Schlafzimmern und einem großen Raum im vorderen Bereich bestand. Letzterer muss bei Weitem der angenehmste Ort im Haus gewesen sein. Es war von komfortabler Größe, gut beleuchtet und von der Aussicht her heiter. Zwei Fenster an der Vorderseite boten einen Blick auf die Bucht und die Halbinsel, während ein drittes Fenster an der Ostseite auf das Tal des Don blickte, das keineswegs der stagnierende Teich war, zu dem es in späteren Jahren werden sollte.

Der einzige Zugang zu diesem Raum führte durch eine Tür, die sich direkt rechts am Anfang der Treppe befand und die, wie zu erwähnen ist, aus genau siebzehn Stufen bestand – etwas, wie wir erfahren werden, wichtig war.

Ein kleines Schlafzimmer im hinteren Teil des Hauses war nur durch eine separate Tür im hinteren Teil des oberen Flurs zugänglich und somit nicht direkt mit dem größeren Raum verbunden.

Über die genaue Anzahl und Beschaffenheit der anderen Räume im Obergeschoss bin ich nicht informiert, außer dass es sich um Schlafzimmer handelte; weitere Informationen über sie sind für das Verständnis der Erzählung auch nicht erforderlich. Warum ich es bei den, auf den ersten Blick trivialen erscheinenden Details so genau genommen habe, wird sich bald zeigen.

*

III. Die Bewohner des Hauses

Wie bereits erwähnt, wurde das Haus wahrscheinlich von Generalinspekteur Ridout erbaut, aber es scheint weder er noch ein Mitglied seiner Familie jemals dort gewohnt zu haben. Der früheste Bewohner, von dem ich eine Spur finden konnte, war Thomas Mercer Jones – der Herr, von dem ich annehme, dass er später mit der Canada Land Company verbunden war. Ob er auch der erste Mieter war, kann ich nicht sagen, aber ein Herr dieses Namens wohnte dort in der zweiten Hälfte des Jahres 1816 und scheint ein bekannter Bürger von 'Little York' gewesen zu sein.

Im Jahr 1819 war der Mieter eine Person namens McKechnie, über den ich keine weiteren Informationen finden konnte als die bloße Tatsache, dass er Inhaber eines Kirchenstuhls in der St. James's Church war. Er scheint später einem der zahlreichen Mitglieder der Familie Powell Platz gemacht zu haben.

Aber der Bewohner, um den es in dieser Geschichte geht, war ein gewisser ehemaliger Offizier namens Bywater, der vor sechzig bis siebzig Jahren für ein paar kurze Monate die Aufmerksamkeit der Yorker Gesellschaft erweckt hatte. Nach einem wilden Abschnitt seines vergeudeten Lebens in dieser Gemeinschaft löste er das große Problem seiner menschlichen Existenz, indem er die Treppe hinunterfiel und sich das Genick brach.

Capiain Stephen Bywater war ein *mauvais sujet* [Taugenichts]der ausgeprägtesten Art. Er stammte aus einer guten Familie in einer der Grafschaften der Midlands in England, trat in jungen Jahren in die Armee ein und war an einem bestimmten denkwürdigen Sonntag bei Waterloo dabei, wo er sich tapfer und gut geschlagen haben soll. Aber er scheint eine tiefe Ader des Lasterhaften in sich getragen zu haben, die ihn immer wieder auf krumme Wege trieb.

Über ihn waren verschiedene hässliche Geschichten im Umlauf, für die es jedoch mehr oder weniger Belege gab. Es hieß, er sei beim Betrügen ertappt worden und kenne sich mit allen Schandtaten bei den Pferdewetten aus. Der bedauerliche Vorfall, der zum Ausscheiden aus seinen Ämtern führte, erregte zum Zeitpunkt des Geschehens großes Aufsehen. Ein junger Offiziersbruder, den er um große Geldsummen betrogen hatte, wurde von ihm zu einem Duell gezwungen, das an der französischen Küste in Anwesenheit zweier Sekundanten und eines Militärarztes ausgetragen wurde. Es scheint keinen Zweifel daran gegeben zu haben, dass der schurkische Hauptmann zu früh geschossen hat.

Jedenfalls war der junge Mann, der dazu verleitet worden war, sein Leben aufs Spiel zu setzen, tot auf dem Feld zurückgelassen worden, während der Schurke unversehrt davon ritt, gefolgt von den Schimpfworten seiner eigenen Sekundanten.

Es wurde eine strenge Untersuchung eingeleitet, aber die wichtigsten Zeugen waren nicht zu finden, und der Mörder – als solcher wurde er allgemein angesehen – entging der Strafe, die er nach allgemeiner Auffassung verdient hatte.

Er wurde aus der Armee geworfen und formell aus seinem Club ausgeschlossen. Gezwungen zurück nach Coventry zu gehen, wurde seine Heimat für ihn bald zu einem höchst unerwünschten Aufenthaltsort, sodass er den Atlantik überquerte und sich auf den Weg nach Oberkanada machte, wo er nach einiger Zeit in York auftauchte und Mieter des Hauses in der Duchess Street wurde.

Zum Zeitpunkt seiner Ankunft in diesem Land, was irgendwann im Jahr 1822 oder vielleicht Anfang 1823 gewesen sein muss, war Captain Bywater offenbar etwa vierzig Jahre alt. Er war Junggeselle und verfügte über einige finanzielle Mittel. Für kurze Zeit gelang es ihm, sich in die erlesene Gesellschaft der Provinzhauptstadt einzuschleusen, doch bald wurde bekannt, dass es sich bei ihm um den aristokratischen Desperado handelte, der den jungen Remy Errington am Strand von Boulogne so rücksichtslos niedergeschossen hatte und der den Ruf hatte, einer der größten Schurken zu sein, die je eine Uniform getragen hatten.

Die Yorker Gesellschaft jener Tage konnte eine Menge bei einem Mann von guter Geburt und ansehnlichem Vermögen schlucken. Sie konnte das aber nicht, nicht einmal bei einem wohlhabenden Junggesellen aus guter Familie und im heiratsfähigen Alter, der gezwungen worden war, sein Amt niederzulegen, und der durch ein einstimmiges Votum des Komitees aus einem nicht allzu sittenstrengen Londoner Club ausgeschlossen worden war.

Captain Bywater wurde mit einer Plötzlichkeit und Strenge fallengelassen, die er nicht ignorieren konnte. Er erhielt keine Einladungen mehr von Müttern mit heiratsfähigen Töchtern, und wenn er an ihren Türen ungezwungen und ungewollt auftauchte, fand er niemanden vor.

Die Damen erkannten ihn auf der Straße nicht mehr, und die Herren empfingen seine Verbeugungen mit einer so kalten Antwort, dass er die Lage voll begriff. Er erkannte, dass die Zeit der Gnade vorbei war, und nahm sein Schicksal mit einem hochmütigen Achselzucken hin.

Aber der Captain war ein geselliger Mensch, dem die Einsamkeit unerträglich war. Gesellschaft in irgendeiner Form war eine Notwendigkeit für seine Existenz, und da ihm die Gesellschaft von Ladys und Gentlemen nicht mehr zugänglich war, suchte er Trost bei Personen, die auf der sozialen Skala niedriger standen.

Er begann, sich in Kneipen und anderen öffentlichen Orten herumzutreiben, und da er ziemlich freigiebig mit seinem Geld umgehen konnte, hatte er keine Schwierigkeiten, Gefährten einer bestimmten Sorte zu finden, die bereit waren, auf seine Kosten zu trinken und sich die prahlerischen Erzählungen über die kühnen Taten anzuhören, die er während seines Feldzugs auf der Halbinsel vollbracht hatte.

Schon nach wenigen Wochen war er das anerkannte Oberhaupt eines kleinen Kreises, der sich jeden Abend im George Inn in der King Street traf. Dies hielt jedoch nicht lange an, da die späten Trinkgelage und die unzüchtigen Zechereien der Gruppe die gesamte Nachbarschaft störten und die Aufmerksamkeit auf den Ort lenkten.

Der Wirt erhielt eine strenge Ermahnung, die früheren Öffnungszeiten einzuhalten und weniger lärmende Gäste zu empfangen. Als der Eigentümer diese Ermahnung in die Tat umsetzte, bestieg Captain Bywater sein hohes Ross und zog sich mit seinen fünf oder sechs Freunden in sein eigenes Anwesen zurück. Von diesem Zeitpunkt an wurde das Haus in der Duchess Street zum regelmäßigen Treffpunkt.

IV. Die Orgien im Haus

Captain Bywater hatte sich bei seiner Ankunft in York in einem Gasthaus einquartiert. Die Yorker Gasthäuser jener Zeit hatten einen wenig beneidenswerten Ruf und unterschieden sich stark vom Queen's und Rossin der heutigen Zeit.

Einige meiner Leser werden sich zweifelsohne an die wilden Angriffe auf sie von John Galt [schottischstämmiger Schriftsteller] einige Jahre später erinnern. Und um Dr. Johnsons Charakterisierung der berühmten Hammelkeule zu parodieren, sahen sie schlecht aus, rochen schlecht, waren schlecht versorgt und schlecht gepflegt. Mit einem Wort, sie waren unerträgliche Aufenthaltsorte für einen Mann mit anspruchsvollem Geschmack und empfindlichen Nerven.

Vielleicht war der Geschmack des Captains anspruchsvoll, obwohl ich kaum glauben kann, dass er empfindliche Nerven hatte. Möglicherweise wollte er den eindeutigen Beweis erbringen, dass er kein bloßer Gast in einem fremden Land war, sondern dass er mit der Absicht gekommen war, sich hier dauerhaft niederzulassen. Auf jeden Fall war sein

Aufenthalt in einem Gasthaus nur von kurzer Dauer und er mietete das Haus in der Duchess Street und richtete es in einem Stil ein, der für die damalige Zeit als teuer bezeichnet werden konnte, insbesondere für eine Junggesellenunterkunft.

Der größte Teil der Möbel wurde aus Montreal herbeigeschafft, und der Captain verkündete seine Absicht, bald eine große Einweihungsfeier zu veranstalten. Kaum hatte er sich jedoch an diesem Ort niedergelassen, wurden, wie bereits erwähnt, sein Charakter und sein Vorleben bekannt, und das Projekt wurde aufgegeben.

Sein Haushalt bestand aus einem Diener namens Jim Summers, den er in Montreal aufgegabelt hatte, und dessen Frau, die den Ruf einer ausgezeichneten Köchin genoss und später während der Regierungszeit von Sir John Colborne im Regierungshaus beschäftigt war.

Das Paar hatte es anfangs recht leicht. Der Captain war nicht anspruchsvoll und erlaubte ihnen, das Haus so zu führen, wie sie es wollten. Er stand immer spät auf und ging gleich nach dem Frühstück aus, begleitet von seinem großen Neufundländer Nero, dem einzigen lebenden Besitz, den er von jenseits des Meeres mitgebracht hatte.

Herr und Hund wurden dann bis zum Abendessen, das um fünf Uhr stattfand, nicht mehr gesehen. Zwischen sieben und acht Uhr abends begaben sich die beiden ins George, wo der Captain bis weit nach Mitternacht trank und sich heiser grölte. Aber er war ein erfahrener Bursche und hatte seine Glieder im Allgemeinen recht gut unter Kontrolle. Er fand den Weg nach Hause immer ohne Hilfe und wies seinen

Diener an, nicht auf ihn zu warten. Der Hund war sein Begleiter, wann immer er sich im Freien bewegte.

Als aber der Veranstaltungsort vom Schankraum des George Inn in das Haus des Captains verlegt wurde, begannen die Probleme für Jim Summers und seine Frau. Die Gäste fanden sich in der Regel wenige Minuten nacheinander ein und waren um acht Uhr alle an ihrem Platz. Sie trafen sich in dem großen oberen Raum, und ihre Gelage zogen sich bis weit in die Nacht hinein, oder besser gesagt bis in den Morgen, denn es kam oft genug vor, dass das Tageslicht durch das Ostfenster hereinschien und die Gesellschaft sich noch immer nicht zerstreut hatte.

Die ganze Nacht hindurch konnte man derbe Scherze, betrunkenes Gelächter und obszöne Lieder hören. Die Menge an Rum, Whisky, Branntwein und Bier, die im Laufe einer Woche konsumiert wurde, muss allgemein Kopfschütteln ausgelöst haben. Alle Getränke wurden auf Kosten des Gastgebers bereitgestellt, und da es Jims Aufgabe war, den Vorrat an Spirituosen, Zitronen und heißem Wasser aufrechtzuerhalten, hatte er keine leichte Aufgabe zu verrichten.

Man kann annehmen, dass er, wenn er willens dazu gewesen wäre, eine angenehmere Situation hätte finden können, aber in Wirklichkeit war er nicht allzu wählerisch, was die Art seiner Beschäftigung betraf, und hatte wahrscheinlich seinen vollen Anteil am Spaß. Außerdem bezahlte der Captain einen guten Lohn und war großzügig mit Trinkgeldern, wenn er gut gelaunt war.

Im Großen und Ganzen war Jim der Meinung, dass er gar nicht so schlecht dastand, und er war keineswegs geneigt, mit seinem Broterwerb zu hadern.

Seine Frau sah das anders und weigerte sich schon bald, während der nächtlichen Orgien im Haus zu bleiben. Dieses Problem wurde durch eine Vereinbarung gelöst, die es ihr erlaubte, das Haus um acht Uhr abends zu verlassen und am nächsten Morgen rechtzeitig zurückzukehren, um das Frühstück für den Captain vorzubereiten. Die Nächte verbrachte sie bei einer verheirateten Schwester, die nicht weit entfernt wohnte, und so entging sie dem, was für jede anständige Frau eine unerträgliche Qual gewesen sein muss.

Die Orgien wurden im Laufe der Zeit zu einer Schande in der Nachbarschaft und zu einem Skandal in der Stadt. Sie wurden jedoch mit wenigen Unterbrechungen mehrere Monate lang aufrechterhalten. Mehr als ein Stadtbewohner erklärte, dass ein so unerträgliches Ärgernis beseitigt werden müsse, aber niemand mochte der Erste sein, der sich in einer so unangenehmen Angelegenheit rührte, und die ausgelassenen Zecher fuhren fort, 'das schläfrige Ohr der Nacht mit Ausgelassenheit zu belästigen', ohne von den anständigeren Bürgern daran gehindert zu werden.

Aber gerade zu dem Zeitpunkt, als diese Gelage für die Gemeinschaft absolut unerträglich geworden waren, wurde ihnen ohne jede Einmischung von außen ein Ende gesetzt.

*

V. Die Katastrophe im Haus

An einem bestimmten Sonntagabend, der in die Annalen des Hauses in der Duchess Street eingehen sollte, war die Zahl der Gäste von Captain Bywater kleiner als sonst. Sie bestand aus nur drei Personen:

1. Henry John Porter, Rechtsreferendar im Büro von Simon Washburn. Mr. Washburn war ein bekannter Anwalt jener Zeit, dessen Büro sich an der Ecke Duke und George Street befand. Er war beruflich für die Familie Ridout tätig und hatte die Vermietung und den Verkauf des Grundstücks in der Duchess Street inne. Wahrscheinlich war es dieser Umstand, der dazu führte, dass sein Angestellter mit Captain Bywater bekannt wurde.

2. James McDougall, der in irgendeiner untergeordneten Funktion im öffentlichen Dienst tätig war.

3. Alfred Jordan Pilkey, dessen Beruf nichts Besonderes zu sein schien.

Was aus den anderen Stammgästen geworden war, ist nicht bekannt. Nicht nur die Zahl der Gäste war an diesem Abend geringer, sondern auch der Ablauf der Veranstaltung selbst scheint weit weniger laut gewesen zu sein als sonst. Man hatte bemerkt, dass der Gastgeber nicht so ausgelassen war wie sonst und Anzeichen von schlechter Laune zeigte, die bei ihm nicht üblich waren. Sein Benehmen spiegelte sich in der Gesellschaft wider, und der Spaß war weder kurzweilig noch wild. In der Tat verging die Zeit etwas trostlos, und die 'Sitzung' endete um elf Uhr zu einer noch nie so früh da gewesenen Zeit.

Der Diener führte die Gesellschaft hinaus, schloss die Tür ab und begab sich in das Zimmer im Obergeschoss, wo sich sein Herr noch aufhielt. Er wollte sehen, ob noch etwas von ihm verlangt wurde.

Der Captain saß in einem großen Sessel am Feuer und trank ein letztes Glas Grog. Er wirkte düster und entmutigt, als ob er etwas auf dem Herzen hätte. Auf Jims Frage, ob er etwas wolle, knurrte er: »Nein, gehen Sie ins Bett und scheren Sie sich zum Teufel.«

Jim nahm ihn beim Wort, was den ersten Teil der Aufforderung betraf und ging in seinem Zimmer auf der gegenüberliegenden Seite des Flurs zu Bett. Als er durch den Flur ging, sah er den Hund Nero schlafend auf der Matte vor dem Schlafzimmer seines Herrn liegen, dem kleinen Raum im hinteren Teil der großen Wohnung, in dem die Treffen stattfanden.

Jim war noch nicht viele Minuten im Bett und befand sich in einem Ruhezustand zwischen Schlafen und Wachen, als er hörte, wie sein Herr aus dem Vorderzimmer kam und den Flur entlangging, als wolle er sein Schlafgemach betreten. Einen weiteren Moment später wurde er aus seinem halb schlafenden Zustand geweckt, als er den scharfen Schuss einer Pistole hörte, gefolgt von einem Geräusch, das zwischen einem Stöhnen und einem Heulen lag.

Er sprang aus dem Bett heraus, doch bevor er sich seinen Weg in den Flur bahnen konnte, hörte er einen gewaltigen Aufprall, als ob ein großer Körper mit voller Wucht die Treppe hinuntergeschleudert worden wäre. Ein kurzer Gedanke an einen Räuber schoss ihm durch den Kopf.

Er hielt einen Moment lang inne, halb gelähmt vor Schreck, wie er später selbst zugab.

Er rief laut nach seinem Herrn und dann nach dem Hund, erhielt aber von beiden keine Antwort. Dem Aufprall des fallenden Körpers war eine absolute Stille gefolgt. Er nahm seine Nerven zusammen, zündete ein Streichholz an und dann seine Kerze und ging ängstlich und zitternd in den Korridor. Der erste Anblick, der sich ihm bot, war der scheinbar leblose Körper von Nero, der ausgestreckt am Kopfende der Treppe lag. Als er sich dem Körper näherte, sah er, dass aus einer Wunde am Hals des armen Tieres Blut tropfte. Eine der Pistolen des Captains lag in unmittelbarer Nähe auf dem Boden. Aber wo war der Captain selbst?

Er beschattete seine Augen und hielt die Kerze vor sich, als er ängstlich die Treppe hinunterblickte, aber die Dunkelheit war zu stark, als dass er bis zum unteren Ende hätte sehen können. Inzwischen hatte sich eine Ahnung von der Wahrheit in sein Bewusstsein geschlichen. Vorsichtig schlich er die Treppe hinunter, langsam, Stufe für Stufe, die Kerze weit vor sich haltend, und rief bald darauf seinen Herrn beim Namen. Er hatte mehr als die Hälfte des Weges hinter sich gebracht, als er die volle Bestätigung seiner Vorahnung erhielt, denn dort, zwischen dem Fuß der Treppe und der Eingangstür, lag die in voller Länge quer über den Flur ausgestreckte Leiche des Mörders von Remy Errington, mit dem finsteren, bösen Gesicht zur Decke gerichtet. Sein linker Arm, der noch immer einen Kerzenständer umklammert hielt, war unter ihm zusammengefaltet, und sein Körper hatte bei seinem ungestümen Sturz den unteren Teil der Brüstung weggerissen.

Der verzweifelte Diener hob den Kopf seines Herrn an und versuchte mit allen Mitteln, die ihm einfielen, festzustellen, ob noch Leben in ihm steckte.

Am Handgelenk konnte er keinen Pulsschlag feststellen, aber als er sein Ohr an der linken Seite anlegte, glaubte er, ein leichtes Herzflattern zu hören. Dann eilte er in die Küche und kehrte mit einem Krug Wasser zurück, den er dem am Boden Liegenden ins Gesicht schüttete. Da dies keine offensichtliche Wirkung zeigte, rannte er wieder nach oben in sein Schlafzimmer, warf sich einen Teil seiner Kleidung über und machte sich in vollem Tempo auf den Weg zum Haus von Dr. Pritchard in der Newgate Street.

Der Arzt war ein Spätaufsteher und hatte sich noch nicht zur Ruhe begeben. Er machte sich sofort auf den Weg zur Duchess Street, während Jim Summers am Haus seiner Schwägerin in der Palace Street vorbeiging, um seine Frau zu wecken, die dort schlief.

Nachdem er das Versprechen seiner Frau erhalten hatte, ihm zu folgen, sobald sie sich wieder angezogen hatte, lief Jim Summers voraus und erreichte das Haus in der Duchess Street nur ein oder zwei Minuten später als Dr. Pritchard.

Der Arzt war jedoch lange genug dort gewesen, um festzustellen, dass das Genick des Captains gebrochen war und dass er sich dort befand, wo keine menschliche Hilfe ihn erreichen konnte. Er würde keine weiteren Orgien in dem großen Raum im Obergeschoss abhalten.

VI. Die gerichtliche Untersuchung im Haus

Es wurde eine gerichtliche Untersuchung durchgeführt. Das war unter den gegebenen Umständen eine Selbstverständlichkeit, aber über das bereits Gesagte hinaus wurde nichts Wichtiges herausgefunden. Porter, Macdougall und Pilkey waren alle anwesend und sagten aus, dass Captain Bywater ziemlich betrunken war, als sie ihn um elf Uhr verließen, dass er aber, im Großen und Ganzen, der nüchternste der Gruppe war und durchaus in der Lage zu sein schien, auf sich selbst aufzupassen. Sie hatten seine unangenehme Stimmung bemerkt, hatten aber keine Vermutungen hinsichtlich der Ursache.

Es war unmöglich, irgendetwas zu vermuten, das auf ein falsches Spiel hindeutete. Die naheliegende Schlussfolgerung war, dass die langen Trinkgelage des Captains zu ihrem unweigerlichen Ergebnis geführt hatten und dass er zum Zeitpunkt seines Todes an einem Delirium tremens litt oder kurz davor stand.

Gewöhnlich trug er eine geladene Pistole in seiner Brusttasche. Er hatte den Hund schlafend auf der Matte vor seinem Schlafgemach gefunden. Wahrscheinlich schlief er, jedenfalls hatte er sich nicht beeilt, ihm aus dem Weg zu gehen, und in einem Moment vom Wahnsinn beeinflusster Wut oder in betrunkener Dummheit hatte er seine Waffe gezogen und das arme Tier erschossen. Dabei hatte er sich direkt am oberen Ende der Treppe befunden. Die Menge an Alkohol, die er getrunken hatte, reichte aus, um den Schluss zu rechtfertigen, dass er nicht so sicher auf den Beinen war, wie es ein nüchterner Mann gewesen wäre. Er hatte das Gleichgewicht verloren und ... das war die ganze Geschichte.

Die Geschworenen des Untersuchungsrichters fällten ein Urteil, das den Umständen entsprach, und die Leiche des Captains wurde mit dem Spaten des Küsters ins letzte Bett gebracht.

Der Verstorbene hatte kurz nach seinem Einzug in das Haus in der Duchess Street ein formgerechtes, ordnungsgemäß unterzeichnetes und beglaubigtes Testament verfasst, das in der Kanzlei von Mr. Washburn aufgesetzt wurde. Sein Vermögen bestand hauptsächlich aus einem Einkommen von fünfhundert Pfund Sterling pro Jahr, das durch ein Grundstück in Gloucestershire, England, gesichert war. Diese Einkünfte verfielen mit seinem Tod, sodass es nicht notwendig war, eine testamentarische Regelung zu treffen, mit Ausnahme des Teils, der zwischen dem letzten Quartalstag und dem Tod des Erblassers anfallen sollte. Dieser Anteil wurde einem älteren Bruder vermacht, der in Gloucestershire wohnte. Das gesamte übrige Vermögen des Erblassers wurde Mr. Washburn anvertraut, mit der treuhänderischen Aufgabe, über alle persönlichen Gegenstände, die nicht aus barem Geld bestanden, zu verfügen und den Erlös zusammen mit dem gesamten Barvermögen an den genannten älteren Bruder in Gloucestershire zu überweisen.

Die letztgenannten Bestimmungen wurden von Mr. Washburn innerhalb weniger Tage nach der Beerdigung ordnungsgemäß in Kraft gesetzt, und man hätte annehmen können, dass die guten Menschen von York das letzte Wort über Captain Bywater und seine Angelegenheiten gehört hatten.

Aber das war nicht der Fall.

VII. Der schwarze Hund und sein Herr

Beim Verkauf von Captain Bywaters Hab und Gut wurde ein Teil der Möbel des Esszimmers, der Küche und eines Schlafzimmers von Jim Summers erworben, der mit seiner Frau in dem Haus in der Duchess Street wohnte, bis es an einen neuen Mieter vermietet wurde.

Diese vorübergehenden Bewohner bewohnten somit drei Zimmer, wobei sich ihre Schlafwohnung im Obergeschoss an der Nordseite des Hauses befand, auf der gegenüberliegenden Seite des Flurs von dem großen Raum, in dem in letzter Zeit so viele Ausschweifungen stattgefunden hatten.

Der Rest des Hauses blieb leer, und die Türen der unbewohnten Zimmer wurden verschlossen gehalten. Summers fand eine Anstellung als Pförtner und Gehilfe in Hammells Lebensmittelladen, aber seine Frau hielt sich stets bereit, jedem die Räumlichkeiten zu zeigen, der sie sehen wollte.

Alles verlief ruhig, bis fast einen Monat nach der Beerdigung. Mrs. Summers hatte eine leichte Aufgabe, denn es gab keine Mietinteressenten, und ihre einzige Besucherin war ihre verheiratete Schwester, die gelegentlich für eine Stunde zum Plaudern vorbeikam. Jim war immer um sieben Uhr abends zu Hause, und die Zeit verging wie im Flug, ohne dass irgendetwas geschah, das den ruhigen Fluss ihres Lebens gestört hätte.

Doch dieser Zustand sollte nicht von langer Dauer sein.

Eines Abends, als Mr. Washburn in seinem Arbeitszimmer zu Hause über seinen Unterlagen brütete, wurde er durch ein lautes Klopfen an seiner Haustür gestört. Da es fast Mitternacht war und sich alle anderen im Haus zur Ruhe begeben hatten, folgte er der Aufforderung persönlich. Als er die Tür öffnete, fand er Jim und seine Frau auf der Schwelle. Sie waren nur halb angezogen, und ihre Gesichter waren farblos wie Totenmasken. Sie stolperten ungestüm in den Flur hinein und standen offensichtlich unter einem gewaltigen Schock. Der Anwalt führte sie in sein Arbeitszimmer, wo sie ihm eine höchst merkwürdige Geschichte erzählten, die ihn in Erstaunen versetzte.

Sie erzählten, dass sie mehrere Nächte zuvor durch seltsame und unerklärliche Geräusche in dem von ihnen bewohnten Haus in der Duchess Street gestört worden waren. Sie waren zu unbestimmten Zeiten durch den Klang gleitender Schritte vor der Tür ihres Schlafzimmers aus dem Schlaf geweckt worden. Einmal hatten sie deutlich Stimmen gehört, die aus dem großen Vorderzimmer auf der anderen Seite des Flurs zu kommen schienen. Da die Tür dieses Zimmers kürzlich geschlossen und verriegelt worden war, konnten sie die einzelnen Worte nicht unterscheiden, aber beide erklärten, dass die Stimme der von Captain Bywater verblüffend ähnlich war.

Sie waren ziemlich nervenstarke Personen, aber ihre Situation war, alles in allem, einzigartig und seltsam, und sie hatten diese unerklärlichen Erscheinungen keineswegs genossen. Bei jeder dieser Gelegenheiten hatten sie sich jedoch so weit beherrscht, dass sie die Räumlichkeiten gründlich untersuchten, aber nichts entdeckten, was Licht in die Sache brachte. Sie fanden alle Türen und Fenster fest verschlossen, und es gab keine Anzeichen für die Anwesenheit von irgendetwas oder irgendjemandem, was die gleitenden Schritte hätte erklären können.

Sie hatten das vordere Zimmer aufgeschlossen und betreten, fanden es aber kahl und verlassen vor, so wie es seit dem Abtransport der Möbel nach dem Verkauf hinterlassen worden war. Sie hatten sich sogar die Mühe gemacht, jedes andere Zimmer des Hauses aufzuschließen und zu untersuchen, aber sie hatten keinen Hinweis auf die mysteriösen Geräusche gefunden, die sie beunruhigt hatten.

Dann hatten sie sich eingeredet, dass sich die Einbildung ihrer bemächtigt hatte, oder dass es eine natürliche, aber unentdeckte Ursache für das Geschehene geben würde.

Sie wollten sich auch nur ungern zum Gespött der Stadt machen, indem sie den Eindruck erweckten, sie hätten Angst vor Gespenstern, und beschlossen, den Mund zu halten, doch die Erscheinungen hatten schließlich ein Ausmaß angenommen, das ein weiteres Verhalten in dieser Weise unmöglich machte, und sie beteuerten vehement, dass sie für kein noch so hohes Bestechungsgeld eine weitere Nacht in diesem verfluchten Haus verbringen würden.

Den vorangegangenen Abend hatten sie noch wie üblich zu Hause verbracht und waren kurz vor zehn Uhr zu Bett gegangen. Die jüngsten Erlebnisse hatten wohl noch einige Spuren in ihren Nerven hinterlassen, aber sie ahnten nichts von weiteren Ereignissen dieser Art und waren bald eingeschlafen.

Sie wussten nicht, wie lange sie geschlafen hatten, als sie plötzlich und gleichzeitig durch eine Abfolge von Geräuschen hellwach wurden, die sich unmöglich durch bloße Einbildung erklären ließen: Sie hörten die Stimme ihres verstorbenen Herrn so deutlich, wie sie diese selbst zu seinen Lebzeiten nie vernommen hatten.

Wie zuvor kam sie aus dem Vorderzimmer, aber diesmal konnten sie sich nicht täuschen, denn sie hörten nicht nur den Klang seiner Stimme, sondern auch bestimmte Worte, die sie in früheren Zeiten oft von seinen Lippen gehört hatten:

»Sparen Sie nicht mit dem Schnaps, meine Herren«, brüllte der Captain, »da, wo er herkommt, gibt es noch mehr davon. Mehr Zucker und Zitrone, du Halunke, und sei vorsichtig mit dem heißen Wasser.«

Dann hörte man das Klirren von Gläsern und ein lautes Klopfen, als würde man mit den Fingerknöcheln auf den Tisch schlagen. Nun mischten sich auch andere Stimmen in das Gespräch ein, aber zu undeutlich, als dass die nun völlig verängstigten Zuhörer etwas von den eigentlichen Worten hätten verstehen können.

Es konnte jedoch kein Irrtum vorliegen. Captain Bywater war zweifellos aus dem Land der Schatten zurückgekehrt und hatte die üblichen Orgien an der alten Stelle wieder aufgenommen. Der Tumult dauerte mindestens fünf Minuten, als der Captain einen seiner charakteristischen betrunkenen Schreie ausstieß, und plötzlich war alles still und schweigsam wie ein Grab.

Wie nicht anders zu erwarten war, wurden die Zuhörenden vom Entsetzen gepackt. Einige Augenblicke lang, nachdem die Störung aufgehört hatte, lagen sie stumm und mit offenem Mund da, voller Staunen und Angst. Dann, noch bevor sie ihre Stimme wiederfinden konnten, drang ein lautes Geräusch vom unteren Flur an ihre Ohren, gefolgt von dem gedämpften 'Wau-Wau' eines Hundes, dessen Klang vom Treppenabsatz zu kommen schien.

Jim konnte den Druck der Situation nicht länger ertragen. Er sprang aus dem Bett, zündete eine Kerze an und eilte hinaus in den Flur. Dies tat er, wie er später zugab, nicht weil er sich mutig fühlte, sondern weil er zu viel Angst hatte, um im Bett zu bleiben, und scheinbar vom Entschluss getrieben, sich dem Schlimmsten zu stellen, was das Schicksal für ihn bereithalten könnte.

Gerade als er von der Tür in den Flur trat, hörte er einen schweren Schritt, der langsam die Treppe hinaufging. Mit der Kerze in der Hand hielt er inne. Die Schritte kamen weiter, weiter, weiter, in gemessenem Tritt. Einen Moment später erblickte er die heraufkommende Gestalt. Der Schrecken des Schreckens! Es war sein verstorbener Herr – in Kleidern, mit Stock und allem, wie er zu Lebzeiten gewesen war, und am Kopf der Treppe stand Nero, der ein weiteres leises Bellen des Erkennens ausstieß.

Als der Captain den Treppenabsatz erreicht hatte, drehte er sich halb um, und das Licht der Kerze fiel direkt auf sein Gesicht. Jim sah den ganzen Umriss mit äußerster Klarheit, sogar den Ausdruck in den Augen, der weder fröhlich noch traurig war, sondern eher starr und ernst – genau das, was er gewohnt war, dort zu sehen.

Der Hund kauerte sich mit dem Rücken an die Wand, und nach einem kurzen Halt in der Nähe der Treppe drehte Captain Bywater den Knauf seiner Schlafzimmertür und ging hinein. Der Hund folgte ihm, die Tür wurde geschlossen, und wieder war alles still.

Jim drehte sich um und erblickte das weiße Gesicht seiner Frau. Sie hatte die ganze Zeit hinter ihm gestanden und alles so gesehen, wie es sich seinen eigenen Augen dargeboten hatte. Außerdem hatte sie, getrieben von einer inneren Eingebung, die sie sich nicht erklären konnte, die Schritte gezählt, als sie die Treppe hinaufgegangen waren. Es waren genau siebzehn gewesen!

Die beiden betraten wieder ihr Zimmer und berieten sich eilig miteinander. Sie hatten deutlich gesehen, wie der Captain den Türknauf gedreht hatte und in sein Schlafzimmer ging, gefolgt von der Gestalt Neros. Sie wussten, dass die Zimmertür verschlossen gewesen war, und der Schlüssel steckte in diesem Moment in der Tasche von Mrs. Summers' Kleid.

In ihrer Verzweiflung beschlossen sie, die Tür aufzusperren und das Zimmer zu betreten. Mrs. Summers holte den Schlüssel hervor und reichte ihn ihrem Mann. Sie nahm die Kerze und begleitete ihn zur Treppe. Er drehte den Knauf und stieß die Tür weit auf, und beide betraten das Zimmer. Es war leer, und das Fenster war von innen fest verriegelt, so wie man es Wochen zuvor verlassen hatte.

Sie kehrten in ihr eigenes Schlafzimmer zurück und waren sich einig, dass an einen weiteren Aufenthalt in diesem Haus des Grauens nicht zu denken war.

Sie kleideten sich eilig an, mit dem, was sie gerade zur Hand hatten, gingen die Treppe hinunter, öffneten die Haustür, bliesen das Licht aus, um ins Freie zu gehen. Dann verriegelten sie die Tür wieder von außen und verließen das Haus. Ihr eigentliches Ziel war das Haus von Mrs. Summers' Schwester, aber sie beschlossen, erst bei Mr. Washburn vorbeizugehen und ihm ihre Geschichte zu erzählen, da sie wussten, dass er spät nach Hause kam und wahrscheinlich noch nicht zu Bett gegangen war.

Mr. Washburn, der ein unempfindlicher Jurist war, konnte einer solchen Erzählung ohne Anzeichen von Erstaunen nicht zuhören. Nachdem er einige Augenblicke über die Angelegenheit nachgedacht hatte, bat er seine Besucher, die Nacht unter seinem Dach zu verbringen und über ihre seltsamen Erlebnisse vorerst für sich zu behalten. Er wusste sehr wohl, dass es keine Möglichkeit geben würde, einen anderen Mieter für das leer stehende Haus zu finden, wenn die seltsame Geschichte bekannt würde.

Das junge Paar kam der ersten Bitte nach und versprach, auch der zweiten nachzukommen. Daraufhin wurden sie in ein freies Zimmer geführt, und die Wunder dieser seltsamen Nacht waren zu Ende.

Am nächsten Morgen begaben sich der Anwalt und der ehemalige Bedienstete in aller Frühe zu dem Haus in der Duchess Street. Alles war so, wie es am Abend zuvor verlassen worden war, und es konnte kein Hinweis auf die mysteriösen Umstände gefunden werden, die Jim Summers und seine Gattin so feierlich bezeugt hatten.

An der vollkommenen Aufrichtigkeit des Paares konnte nicht gezweifelt werden, aber Mr. Washburn war im Großen und Ganzen geneigt, zu glauben, dass sie in irgendeiner Weise Opfer von hinterhältigen Personen geworden waren, die sie aus dem Haus verscheuchen wollten, oder dass ihre Fantasie ihnen einen gemeinen Streich gespielt hatte. Mit einer erneuten Ermahnung zum Schweigen entließ er sie, und sie bezogen fortan ihr Quartier im Haus von Mrs. Summers Schwester in der Palace Street.

Mr. und Mrs. Summers hielten sich so zurück, wie es unter den gegebenen Umständen von ihnen zu erwarten gewesen wäre. Aber es wurde unerlässlich, in irgendeiner Weise Rechenschaft über ihr plötzliches Verlassen des Hauses in der Duchess Street abzulegen, und die Schwester von Mrs. Summers war von wissbegieriger Natur. Nach und nach gelang es ihr, an die meisten Fakten heranzukommen, aber um ihr gerecht zu werden, erzählte sie diesen nicht überall herum, und für einige Zeit war das Geheimnis ziemlich gut gehütet.

Die Geschichte wäre wahrscheinlich gar nicht allgemein bekannt geworden, wenn nicht eine Reihe von Umständen eingetreten wäre, als das Spukhaus seit etwa zwei Monaten leer stand.

Ein amerikanischer Einwanderer namens Horsfall war nach York gekommen, mit der Absicht, sich dort niederzulassen und einen Gemischtwarenladen zu eröffnen. Er war ein Familienvater und brauchte natürlich ein Haus, in dem er wohnen konnte. Das Geschäft, das er in der King Street gemietet hatte, verfügte jedoch nicht über ein eigenes Quartier, sodass er sich nach einem anderen geeigneten Ort umsehen musste.

Als er hörte, dass ein Haus in der Duchess Street zu vermieten war, rief er an und besichtigte die Räumlichkeiten mit Mr. Washburn, der natürlich über die übernatürlichen Erscheinungen schwieg, welche die Summers' mitten in der Nacht vor die Tür getrieben hatten.

Die Besichtigung erwies sich als zufriedenstellend, und Mr. Horsfall übernahm das Haus für ein Jahr. Sein Haushalt bestand aus seiner Frau, zwei erwachsenen Töchtern, einem Sohn im fünfzehnten Lebensjahr und einer schwarzen Dienerin. Sie kamen früher als von Mr. Horsfall erwartet aus Utica und noch bevor das Haus für sie fertig war, aber die Dinge wurden so schnell wie möglich vorangetrieben, und am Abend des zweiten Tages nach ihrer Ankunft nahmen sie das Haus in Besitz. Die Möbel wurden zunächst wahllos hineingestellt, und alle Anstrengungen, die Dinge in Ordnung zu bringen, wurden auf den nächsten Tag verschoben.

Die Familie verließ nach dem Tee das Gasthaus, in dem sie gewohnt hatte, und beschloss, eine Nacht in ihrem neuen Heim zu verbringen, um nicht noch eine weitere Nacht inmitten unzähliger Schwärme von im Dunkeln umherfliegenden Stechmücken zu verbringen. Zwei Betten wurden eilig auf dem Boden des Salons aufgebaut, eines für Mr. und Mrs. Horsfall, das andere für die beiden jungen Frauen. Ein drittes Bett wurde eilig auf dem Boden des Esszimmers für Master George Washington, dem Sohn, hergerichtet, und Dinah, die Dienerin, fand auf einem Sofa in der angrenzenden Küche ihren Schlafplatz.

Der gesamte Haushalt ging irgendwann zwischen zehn und elf Uhr zu Bett, alle ziemlich müde und auf eine angenehme Nachtruhe vorbereitet. Sie waren schon etwas mehr als eine Stunde im Bett, als die ganze Familie durch das Bellen eines Hundes im unteren Flur geweckt wurde. Dies wurde natürlich als seltsam empfunden, da Mr. Horsfall alle Türen und Fenster sorgfältig verschlossen hatte, bevor er sich zur Ruhe begab, und zu diesem Zeitpunkt sicherlich kein Hund im Haus gewesen war.

Das Familienoberhaupt verlor keine Zeit, eine Kerze anzuzünden und die Tür zum Flur zu öffnen. Im selben Moment öffnete der junge G. W., ihr Sohn, die Tür auf der gegenüberliegenden Seite. Ja, da war tatsächlich ein großer, schwarzer Neufundländer, der sich anscheinend sehr wohlfühlte, als gehöre er zu diesem Ort. Als der Junge auf ihn zukam, zog er sich auf die Treppe zurück, die er in einem sehr gemächlichen Tempo hinaufging.

Wie um alles in der Welt war er hereingekommen? Auf jeden Fall musste man ihn loswerden, aber er sah so aus, als würde man in seiner Nähe Schwierigkeiten haben, und Mr. Horsfall hielt es für klug, einen Teil seiner Kleidung anzuziehen, bevor er einen Versuch unternahm, ihn zu vertreiben.

Während er sich ankleidete, konnte man die Schritte des Tieres auf dem Boden der oberen Halle deutlich hören, und immer wieder gab es eine Art leises Bellen von sich, das darauf hindeutete, dass es sich gegen jede Störung zur Wehr setzen würde.

Zu diesem Zeitpunkt waren alle Mitglieder des Haushalts wach und versammelten sich in der unteren Halle. Mr. Horsfall, mit einer brennenden Kerze in der einen und einem dicken Knüppel in der anderen Hand, ging die Treppe hinauf und sah sich den Gang entlang um.

Was in aller Welt war aus dem Hund geworden! Er war nirgends zu sehen! Wo könnte er sich versteckt haben? Das Tier war sicher zu groß, um sich in einem Rattenloch zu verkriechen. Hatte er eines der Zimmer betreten? Unmöglich, denn sie waren alle verschlossen, wenn auch nicht verriegelt. Mr. H. selbst hatte sie im Laufe des Nachmittags aufgeschlossen, als er einige Möbel in die Zimmer gebracht hatte.

Trotzdem schaute er nacheinander in jedes Zimmer, nur um dort 'Dunkelheit und nichts weiter' zu finden. Daraus schloss er, dass das Tier die Treppe hinuntergegangen sein musste, während er sich im unteren Zimmer angezogen hatte. Nein, das konnte nicht sein, denn George Washington, der Sohn, hatte den Fuß der Treppe von dem Moment an, als der Hund zum ersten Mal hinaufkam, nicht mehr verlassen.

War er durch eines der Fenster gesprungen? Nein, sie waren alle verschlossen und unversehrt. War er durch den Schornstein des Vorderzimmers geklettert? Nein. Abgesehen von der Absurdität der Idee war das Loch nicht groß genug, um einen Hund von einem Fünftel seiner Größe aufzunehmen. Vergeblich wurde das Haus von oben bis unten durchsucht. Nirgends war eine Spur des riesigen Ruhestörers zu sehen.

Nach einer Weile öffnete Mr. Horsfall, dem nichts Besseres einfiel, um seine Fähigkeiten zu zeigen, sowohl die Vorder- als auch die Hintertür und sah sich auf dem ganzen Grundstück um, wobei er abwechselnd 'Benno', 'Carlo' rief und jeden anderen Namen, der ihm einfiel, der von einem Hund getragen werden könnte. Da er keine Antwort erhielt, ging er voller Empörung wieder ins Haus und suchte erneut sein Nachtlager auf. Nach ein paar Minuten war der Haushalt wieder im Schlummer versunken.

Aber sie waren noch nicht am Ende ihres Ärgers.

Etwa eine halbe Stunde nach Mitternacht wurden sie erneut geweckt, diesmal durch das laute Stimmengewirr im großen oberen Raum. »Ich sage euch, wir werden alle Gläser trinken«, brüllte eine stimmgewaltige Stimme, »den Ersten, der sich wehrt, werde ich niederschlagen!«

Jeder im Haus hörte die Stimme und die Worte. Das war offenbar ernster als der Hund. Mr. H. bedauerte, dass er seine Pistolen im Gasthaus gelassen hatte, aber er war entschlossen, die Eindringlinge, wer auch immer sie sein mochten, aus dem Haus zu jagen.

Mit dem Knüppel in der Hand machte er sich wieder auf den Weg nach oben, die Kerze in der Hand. Als er mehr als die Hälfte des Weges zurückgelegt hatte, erblickte er einen großen, kräftigen Mann mit rotem Gesicht, der offenbar aus dem größeren Zimmer gekommen war und gerade dabei war, die Tür des hinteren Schlafzimmers zu öffnen. »Wer bist du, Halunke?«, rief Mr. H. Der Mann schien ihn weder zu sehen noch zu hören, sondern öffnete ruhig und unbekümmert die Tür und betrat das Zimmer.

116

Mr. H. folgte ihm schnell auf den Fersen – nur um festzustellen, dass er wohl einer Täuschung erlegen war. Niemand war da. Dann trat er zurück in den Flur und betrat mit erhobenem Knüppel den größeren Raum, in der vollen Erwartung, dort mehrere Männer vorzufinden. Zu seinem unaussprechlichen Erstaunen fand er dort auch nichts vor.

Wieder eilte er von Zimmer zu Zimmer, die Treppe hinauf und hinunter. Wieder untersuchte er die Türen und Fenster, um zu sehen, ob man sich an den Verschlüssen zu schaffen gemacht hatte. Nein, alles war fest und dicht.

Die Familie war wieder auf den Beinen und eilte hin und her, auf der Suche nach etwas, von dem sie nicht wussten, was es war; aber sie fanden nichts, was ihre Suche belohnte, und nach einer Weile versammelten sich alle halb bekleidet im Esszimmer, wo sie begannen, sich gegenseitig zu fragen, was diese seltsamen Störungen bedeuten könnten.

Herr Horsfall war eine schlichte, sachliche Persönlichkeit, und bis zu diesem Moment war ihm der Gedanke an eine übernatürliche Heimsuchung nicht einmal in den Sinn gekommen. Selbst jetzt verwarf er die Idee, als sie von seiner Frau zaghaft angesprochen wurde. Er erkannte jedoch deutlich, dass dies etwas ganz und gar Ungewöhnliches war, und er kündigte an, in dieser Nacht nicht mehr zu Bett zu gehen. Die anderen legten sich wieder hin, aber man kann davon ausgehen, dass sie, wenn überhaupt, nur wenig schliefen, obwohl nichts mehr geschah, was sie hätte stören können.

Bald nach Tagesanbruch stand die ganze Familie auf und zog sich für den Tag an. Noch einmal machten sie einen

Rundgang durch alle Zimmer, nur um festzustellen, dass alles noch genau so war, wie sie es in der vorangegangenen Nacht hinterlassen hatten.

Nach einem frühen Frühstück begab sich Mr. H. zum Haus von Mr. Washburn, wo er feststellte, dass der Herr noch schlief und nicht gestört werden durfte. Der Besucher war ein geduldiger Mann und erklärte, er wolle warten. Nach etwa einer Stunde kam Mr. Washburn die Treppe hinunter und hörte sich die außergewöhnliche Geschichte an, die sein Mieter zu erzählen hatte. Mit so etwas hatte er sicher nicht gerechnet, und er drückte vehement seine Überraschung aus.

In seiner Antwort auf die Fragen von Mr. H. über das Haus gab er ihm jedoch einen kurzen Bericht über das Leben und den Tod von Captain Bywater und ergänzte die Biografie durch eine Schilderung der eigenartigen Erlebnisse von Jim Summers und seiner Frau. Daraufhin erhob der Amerikaner Einspruch und behauptete, sein Vermieter habe kein Recht gehabt, ihm das Haus zu vermieten und ihm zu gestatten, seine Familie darin unterzubringen, ohne ihn vorher über die Sachlage zu informieren.

Der Anwalt räumte ein, dass ihn vielleicht eine Schuld treffe, und drückte sein Bedauern aus. Der Mieter erklärte, dass er sein Mietverhältnis auf der Stelle kündige und das Haus im Laufe des Tages räumen werde. Mr. Washburn war der Meinung, dass ein Gericht wahrscheinlich zögern würde, einen Mietvertrag unter solchen Umständen durchzusetzen, und stimmte zu, dass die Vereinbarung zwischen den beiden als aufgehoben betrachtet werden sollte.

VIII. Der Letzte im Haus

Und es wurde alles storniert. Mr. Horsfall brachte seine Familie und sein übriges Hab und Gut vorübergehend in das Gasthaus zurück, sicherte sich aber bald darauf ein Haus, in dem keine Gäste, ob Hunde oder andere, die Angewohnheit hatten, sich in den stillen Stunden der Nacht uneingeladen einzumischen.

Er unterhielt hier einige Jahre lang ein Geschäft und wurde, so glaube ich, in York begraben. Ein Sohn von ihm – wahrscheinlich derselbe, der in der vorstehenden Erzählung erwähnt ist – ist oder war vor Kurzem ein wohlhabender Einwohner von Syracuse, N.Y., wie mir mitgeteilt wurde.

Mr. Horsfall machte kein Geheimnis aus den Gründen für die Kündigung seines Mietverhältnisses, und seine Abenteuer waren bald in der ganzen Stadt bekannt. Er war der letzte Mieter in dem düsteren Haus. Von da an ließ sich niemand mehr dazu bewegen, es zu mieten oder gar mietfrei zu bewohnen. Es galt allgemein als ein unheilvoller, grausiger Ort und war für seine Besitzer völlig wertlos. Die weitere Geschichte ist bereits beschrieben worden.

Was gibt es nun noch zu sagen? Nur dies: dass die wichtigsten Fakten der vorangegangenen Geschichte wahr sind. Natürlich bin ich nicht in der Lage, aus persönlicher Kenntnis für sie zu bürgen, ebenso wenig wie ich in der Lage bin, persönlich für die Invasion Englands durch Wilhelm von der Normandie zu bürgen. Aber sie beruhen auf ebenso guten Beweisen wie die meisten anderen privaten Ereignisse von vor etwa sechzig Jahren, und es gibt keinen Grund, an ihrem Wahrheitsgehalt zu zweifeln.

Was das übernatürliche Element anbelangt, so muss ich gestehen, dass ich es nicht voll bestätigen kann. Dies liegt nicht daran, dass ich den Wahrheitsgehalt derjenigen anzweifele, die sich für die angeblichen Tatsachen verbürgen, sondern daran, dass ich diese Tatsachen nicht aus erster Hand erfahren habe und dass ich nicht so einfach bereit bin, überhaupt an das Übernatürliche zu glauben. Ich denke, dass im vorliegenden Fall eine intelligente Untersuchung zu jener Zeit wahrscheinlich Umstände ans Licht gebracht hätte, über die die Erzählung in ihrer jetzigen Form schweigt. Wie dem auch sei, die Geschichte ist es wert, erzählt zu werden, und ich habe sie erzählt.

Savareens Verschwinden

Eine halb vergessene Geschichte aus der Historie einer Gemeinde in Oberkanada

I. Der Ort und der Mann

In der Nähe des Zentrums einer der blühendsten westlichen Grafschaften von Ontario und an der Strecke der Great Western Branch der Grand Trunk Railway liegt ein nettes kleines Städtchen, das für die Zwecke dieser Erzählung Millbrook genannt werden kann. Nicht, dass sein richtiger Name Millbrook wäre oder es auch nur im Entferntesten so hieße, aber da diese Geschichte, soweit sie die wichtigsten Ereignisse betrifft, streng der Wahrheit entspricht und einige seiner Akteure noch leben, ist es vielleicht von Vorteil, bei den Ortsangaben nicht allzu genau zu sein.

Das seltsame Verschwinden von Mr. Savareen erregte damals großes Aufsehen, nicht nur in der unmittelbaren Umgebung, sondern in ganz Oberkanada. Es war ein großes, aber nur kurz andauerndes Ereignis und wurde von den führenden Provinzzeitungen jener Zeit gebührend behandelt und kommentiert. Es ist seit Langem aus dem allgemeinen Gedächtnis verschwunden, und die Kette von Umständen, die sich später aus diesem Ereignis ergaben, wurde nie über den begrenzten Kreis der unmittelbar Interessierten hinaus bekannt gemacht.

Die überlebenden Mitglieder dieses Kreises würden es mir wahrscheinlich nicht danken, wenn ich ihre Namen noch einmal öffentlichkeitswirksam in den Vordergrund rücken würde. Sicherlich könnte ich ihre Persönlichkeiten unter dem dünnen Deckmantel der Anfangsbuchstaben verschleiern, aber gegen diese Art, eine Geschichte zu erzählen, habe ich immer einen entschiedenen Einwand gehabt. Das Hauptziel beim Erzählen einer Geschichte ist es, die Aufmerksamkeit des Lesers aufrechtzuerhalten, und ich muss gestehen, dass ich nur selten in der Lage war, ein fesselndes Interesse für Personen zu empfinden, die lediglich als Abkürzungen wie M. oder N. erscheinen.

Ich werde daher Personen und Orte mit fiktiven Namen versehen, und ich kann nicht einmal vorgeben, bei ein oder zwei kleinen Details mathematisch präzise zu sein. Bei der Wiedergabe von Gesprächen gebe ich zum Beispiel nicht die *ipsissima verba* der Redner wieder, sondern lediglich die Wirkung und den Sinn ihrer Reden. Ich habe mir, in dieser Hinsicht, dennoch einige Mühe gegeben, und ich denke, ich kann mit Fug und Recht behaupten, dass diese Geschichte von Savareens Verschwinden in allen wesentlichen Punkten so wahr ist, wie man es von einem Bericht über Ereignisse, die viele Jahre zurückliegen, vernünftigerweise erwarten kann.

Erstens: Was den Mann betrifft. Wer war er?

Nun, das ist leicht gesagt. Er war der zweite Sohn eines recht wohlhabenden englischen Gutsbesitzers und war auf dem väterlichen Land in Hertfordshire zur Landwirtschaft erzogen worden. Etwa im Jahr 1851 wanderte er nach Oberkanada aus und war noch nicht viele Wochen in der Kolonie, als er Pächter einer kleinen Farm in der Gemeinde Westchester, drei Meilen nördlich von Millbrook, wurde.

Zu diesem Zeitpunkt muss er etwa fünfundzwanzig oder sechsundzwanzig Jahre alt gewesen sein. Soweit diejenigen, die am häufigsten mit ihm zu tun hatten, dies beurteilen konnten, hatte er keine ausgeprägten Eigenheiten, die ihn von anderen seiner Klasse und seines Standes unterschieden hätten. Er war einfach ein junger englischer Farmer, der nach Kanada ausgewandert war, um seine Lage und seine Zukunftsaussichten zu verbessern.

Sein Äußeres war ausgesprochen vorteilhaft. Er war fünf Fuß und elf Zoll groß, breitschultrig, kräftig im Arm und mit gut gebauten Gliedmaßen, hatte einen hellen Teint und sein Haar neigte stark dazu, sich zu kräuseln.

Er war in den meisten Sportarten bewandert, konnte boxen und schießen, und wenn man ihn auf die Probe stellte, schaffte er es, frei über ein Tor mit fünf Querlatten zu springen.

Er liebte das gute Leben, und man konnte sich immer darauf verlassen, dass er einem ordentlich zubereiteten Abendessen voll gerecht wurde. Es lässt sich jedoch nicht leugnen, dass er gelegentlich mehr trank, als unbedingt nötig war, um einen normalen Durst zu stillen, und er war so beständig, wie man es von einem Mann erwarten kann, der von frühester Jugend an gewöhnt war, Bier als gewöhnliches Getränk zu sich zu nehmen, und der immer Zugang zum Ausschank fand.

Er mochte ein gutes Pferd und konnte alles reiten, was auf vier Beinen lief. Dazu hatte er auch eine Schwäche für Hunde und hatte gewöhnlich ein oder zwei dieser Tiere an seinen Fersen kleben, wenn er sich im Freien bewegte. Die Menschen und Dinge in diesem Land betrachtete er aus einem streng transatlantischen Blickwinkel, und man hörte ihn oft bemerken, dass dies und jenes 'nichts mit dem zu tun hat, was wir bei uns zu Hause haben'.

In landwirtschaftlichen Fragen war er einigermaßen bewandert und kannte sich mit den gängigen Lehren über die Fruchtfolge aus. Auch seine literarische Bildung hatte er nicht völlig vernachlässigt. Er konnte lesen und schreiben, und er war in der Lage, nicht allzu komplizierte und schwierige Berichte zu verfassen. Man kann nicht behaupten, dass er Tom Jones, Roderick Random und Pierce Egans Leben in London gelesen hatte. Die Illustrationen von Cruikshank zu dem letztgenannten Werk – insbesondere diejenige, welche den 'Corinthian Tom' zeigen, wie er 'das Beste aus Charley herausholt' – hielt er für weitaus sehenswerter als die gesamte Sammlung der National Gallery, in der er einmal bei einem Besuch in der Stadt ein oder zwei für ihn langweilige Stunden verbracht hatte.

Außerdem war er über einige bemerkenswerte Ereignisse in der Geschichte seines Heimatlandes nicht ganz uninformiert. So wusste er, dass ein gewisser König namens Charles der Erste vor vielen Jahren enthauptet wurde und dass eine verrufene Persönlichkeit namens Oliver Cromwell irgendwie in die Angelegenheit verwickelt war.

Er wusste, dass die Geschicke Großbritanniens von Königin Victoria und zwei Parlamentskammern geleitet wurden, dem House of Lords und dem House of Commons, und er erinnerte sich, gehört zu haben, dass diese erhabenen Körperschaften die Ständeordnung genannt wurden. In seinen Augen war alles Englische *ipso facto* zu loben und zu bewundern, während alles Unenglische *ipso facto* entsprechend zu verurteilen und zu verachten war. Jede fehlgeleitete Person, die eine andere Meinung vertrat, musste wie eine behandelt werden, die den Glauben ablehnt, und war schlimmer als ein Ungläubiger.

Ich habe bereits gesagt, dass sein Äußeres vorteilhaft war, und so war es auch, obwohl er eine breite Narbe auf der linken Wange hatte, die sich bei den seltenen Gelegenheiten, bei denen er wütend war, etwas auffällig bemerkbar machte und seinem Gesicht einen unheimlichen Ausdruck verlieh.

Diese Entstellung hatte er, wie ich hörte, schon einige Jahre vor seiner Ankunft in Kanada erlitten. Während eines Besuchs in einer der Marktplätze in der Nähe seines Wohnorts war er zufällig in eine Sporthalle gegangen und hatte sich mit einem Freund, der ihn begleitete, auf einen Fechtkampf eingelassen. Keiner der beiden hatte jemals zuvor ein Florett in der Hand gehabt, und sie waren natürlich im Umgang mit solch gefährlichen Spielzeugen nicht geübt. Während des Kampfes war der Knauf von der Waffe des Gegners abgerutscht, als dieser gerade einen kräftigen Ausfallschritt machte. Die Folge war eine Wunde an Savareens Wange, die einen bleibenden Eindruck bei ihm hinterließ. Er selbst hatte die Angewohnheit, diese Entstellung scherzhaft als seinen 'Schräglingsbalken' [angeblich Zeichen einer unehelichen Geburt] zu bezeichnen.

Ansonsten war er stur wie ein Maultier, wenn es um Kleinigkeiten ging, die ihn überhaupt nichts angingen. Was aber die Angelegenheiten des täglichen Lebens betraf, war er im Großen und Ganzen angenehm und gelassen, vor allem, wenn es nichts gab, was ihn aus der Fassung brachte. Wenn etwas dergleichen geschah, konnte er durchaus die Haltung eines hässlichen Burschen einnehmen, und bei solchen Gelegenheiten nahm die Wunde auf seiner Wange eine grelle Färbung an, die nicht angenehm zu betrachten war.

Seine gewöhnlichen Gespräche drehten sich hauptsächlich um die Ereignisse seines täglichen Lebens. Sie waren intellektuell nicht sehr anregend und bezogen sich zumeist auf Pferde, Hunde und die Ernteaussichten der jeweiligen Saison.

Kurzum, wenn Sie jemals im ländlichen England gelebt oder regelmäßig englische Landstädte an Markttagen besucht haben, müssen Sie Dutzenden von fröhlichen jungen Landwirten begegnet sein, die dem äußeren Anschein nach, mit der einzigen Ausnahme der unheilvollen Narbe, fast für sein Porträt hätten stehen können.

Das war Reginald Bourchier Savareen, und wenn Sie noch nie jemandem begegnet sind, der ähnliche Merkmale aufweist – immer mit Ausnahme der Narbe – dann war Ihre Erfahrung mit Ihren Mitmenschen begrenzter, als man es von einem Leser Ihres Alters und Ihrer offensichtlichen Intelligenz erwarten könnte.

Seine Farm – d. h. die von ihm gepachtete Farm – gehörte dem alten Squire [Gutsherr] Harrington und lag in einem angenehmen Tal an der westlichen Seite der Schotterstraße, die von Millbrook nach Spotswood im Norden führte. Der Squire selbst wohnte in dem roten Backsteinhaus, das ein wenig weiter unten auf der gegenüberliegenden Seite der Straße aus dem Ahornwald herausschaute. Das Land in dieser Gegend wurde von der sparsamen und wohlhabenden Bevölkerung der Pioniere besiedelt und bot ein äußerst attraktives Bild.

Abwechselnde Hügel und Täler begrüßten das Auge des Reisenden, wenn er die fünfzehn Meilen lange, fest geteerte Landstraße entlangfuhr, die die Verbindung zwischen den beiden oben erwähnten Städten bildete. Das Land war sorgfältig bestellt, und die Häuser waren im Allgemeinen von besserer Qualität als in den meisten ländlichen Gemeinden in Oberkanada zu dieser Zeit.

Savareens eigene Behausung war einfach genug, da sie ursprünglich für einen der Arbeiter des Gutsherrn errichtet worden war, aber sie genügte seinen Bedürfnissen, da er erst etwas mehr als ein Jahr vor den hier geschilderten Ereignissen geheiratet hatte und sein häusliches Umfeld klein war.

Sein gesamter Haushalt bestand aus ihm selbst, seiner jungen Frau, einem Kleinkind auf dem Arm, einem männlichen Knecht und einer bäuerlichen Magd für alle Arbeiten. In der Erntezeit beschäftigte er natürlich zusätzliche Hilfskräfte, aber die Erntehelfer waren größtenteils Bewohner der Nachbarschaft, die in ihren eigenen Häusern lebten.

Bei dem Haus handelte es sich um ein kleines, längliches Fachwerkgebäude in der üblichen kanadischen Bauernhausarchitektur, das in einer tristen Farbe gestrichen war und etwa hundert Meter von der Hauptstraße entfernt stand.

Die Scheune und der Stall befanden sich in einiger Entfernung hinter dem Haus.

Etwa auf halber Strecke zwischen Haus und Scheune befand sich ein tiefer Brunnen, der mit einer Seilwinde und einer Kette betrieben wurde.

In der vorangegangenen Saison war auf der Fläche zwischen dem Haus und der Straße ein junger Obstgarten angelegt worden.

Alles auf dem Grundstück war in einem blitzsauberen Zustand. Der Pächter war in seiner Landwirtschaft recht erfolgreich und schien sich mit der Welt um ihn herum gut zu stellen. Er zahlte seine Miete pünktlich und stand in gutem Einvernehmen mit seinem Vermieter. Er war bei seinen Nachbarn im Allgemeinen recht beliebt und galt als ein Mann, der eine gute Zukunft vor sich hatte.

II. Die Nachbarschaft

Etwa eine Viertelmeile nördlich von Savareens Wohnsitz befand sich ein charmantes kleines Gasthaus, das von einem Frankokanadier namens Jean Baptiste Lapierre geführt wurde. Es war eines der gemütlichsten und behaglichsten Gasthäuser, die man sich vorstellen kann; es war keineswegs die Art von Wirtshaus am Wegesrand, wie man sie im Westen Kanadas aus jenen Tagen kennt oder auch in jüngerer Zeit häufig zu sehen bekommt.

Der Wirt hatte in der Zeit vor der Vereinigung der Provinzen in Quebec ein erstklassiges Restaurant geführt und war stolz darauf, zu wissen, auf was es ankam. Er war ein ausgezeichneter Koch und verstand es, den Appetit anspruchsvoller Genießer zu befriedigen, die andere Ansprüche hatten als die Gäste, welche er in einer ländlichen Gemeinde wie der, in der er sein Quartier aufgeschlagen hatte, zu seinen normalen Kunden zählen konnte.

Wenn es die Gelegenheit erforderte, konnte er ein Abendessen servieren, über das selbst Brillat-Savarian* nicht so ohne Weiteres die Nase hätte rümpfen dürfen. Es war selten, dass so hohe Ansprüche an sein Können gestellt wurden, aber selbst seine gewöhnliche Kost war gut genug für jeden städtischen Herrn oder jede städtische Dame, die der Zufall unter sein Dach schickte, und diese Personen versäumten nie, angenehme Erinnerungen an den Ort mitzunehmen.

[* Jean Anthelme Brillant-Savarin, französischer Schriftsteller und einer der bedeutendsten Gastrosophen]

Das knarrende Schild, das sich vor der einladenden Tür im Wind wiegte, verkündete, dass es sich um 'The Royal Oak' handelte, doch war es in der ganzen Gegend als 'Lapierre's' bekannt. Die Vorzüglichkeit seiner Küche war sprichwörtlich, sodass Geschäftsleute und andere Personen häufig aus der Stadt kamen, um dort zu essen oder zu trinken.

Etwa einmal in der Woche – meist am Samstagabend – trafen sich in der gemütlichen Gaststube einige der hervorragendsten Geister der Gegend zu einer ordentlichen Runde, die um elf Uhr mit einem Abendessen endete. Bei diesen Gelegenheiten floss der Schnaps natürlich in Strömen, und die Gäste amüsierten sich prächtig, aber es gab keine wilden Ausschweifungen, die den guten Namen des Hauses in Verruf gebracht hätten.

Jean Baptiste achtete zu sehr auf seinen wohlverdienten Ruf, um zuzulassen, dass diese Treffen zu reinen Orgien ausarteten. Er achtete die Heiligkeit des Sabbats und sorgte dafür, dass das Haus vor dem Schlag der Mitternacht von Gästen geräumt wurde. Auf diese Weise hielt er nicht nur seine Gäste von Ausschweifungen ab, sondern sicherte sich auch ihren Respekt vor ihm und seinem Haus.

Savareen nahm ziemlich regelmäßig an diesen geselligen Zusammenkünften teil und war auch zu anderen Zeiten nicht selten zu Gast. Er wurde immer herzlich willkommen geheißen, denn er konnte ein gutes Lied singen und bezahlte seine Rechnung mit lobenswerter Regelmäßigkeit, und seine samstäglichen nächtlichen Trinkgelage hinderten ihn nicht daran, am Sonntagmorgen pünktlich auf seiner Kirchenbank in der kleinen Kirche zu erscheinen, die ein Stück oberhalb von Lapierre's auf dem Hügel stand.

Seine Frau saß gewöhnlich an seiner Seite und begleitete ihn auf dem Hin- und Rückweg. Alles schien darauf hinzudeuten, dass das Paar glücklich zusammenlebte und dass sie in ihren häuslichen Beziehungen gegenseitig gesegnet waren.

Über Frau Savareen muss im Moment nur erwähnt werden, dass sie die Tochter eines in Millbrook ansässigen Zimmermanns und Bauunternehmers war.

Die Straße zwischen Millbrook und Spotswood war viel befahren, vor allem im Herbst, wenn die holländischen Bauern aus den Siedlungen im Norden in großer Zahl kamen, um sich mit Obst für die Herstellung von Apfelwein und Apfelsaft für den Winter zu versorgen.

Das große Apfelanbaugebiet der Provinz beginnt in den Gemeinden, die einige Meilen südlich von Westchester liegen, und die Straße zwischen Millbrook und Spotswood war und ist der direkteste Weg von den niederländischen Siedlungen dorthin.

Die Kleidung und sonstige Ausstattung der stämmigen kanadischen Teutonen jener Tage waren so beschaffen, dass man sie leicht von ihren keltischen oder sächsischen Nachbarn unterscheiden konnte. Sie trugen gewöhnlich einen langen, schweren Mantel aus grobem Stoff, der ihnen bis zu den Fersen reichte.

Auf dem Kopf trugen sie einen Filzhut mit einer Krempe, die so breit war, dass sie im Notfall auch als Zelt für eine Vorstellung am Wegesrand hätte dienen können.

Ihre Transportwagen waren eine große, klobige Angelegenheit, die, wie sie selbst, nach einem vorsintflutlichen Muster gebaut waren und fast genug Platz wie ein erstklassiges Kriegsschiff boten.

Ende September und Anfang Oktober war es nichts Ungewöhnliches, dreißig oder vierzig dieser schwerfälligen Fahrzeuge zu sehen, die sich in einer ununterbrochenen Reihe hintereinander nach Süden bewegten. Sie kamen leer herunter und kehrten ein oder zwei Tage später beladen mit den Erzeugnissen der südlichen Obstplantagen zurück.

Auf der Rückfahrt waren die Wagen bis zum Rand gefüllt. Nicht so die Kutscher, die ein äußerst gemäßigtes und enthaltsames Volk waren, zu sparsam, um viel von ihrem Geld im Royal Oak zu lassen, um sich selbst bis zum Rand 'abzufüllen'.

Zweifellos war dies der Grund, warum mein Gastgeber Lapierre sie mit leichter Verachtung, um nicht zu sagen Abneigung, betrachtete und auch so von ihnen zu sprechen pflegte.

Sie brachten wenig oder gar kein Geld in seine Kasse, und er verkündete gern, dass er kein Hotel führen würde, für Beherbergung solcherlei 'Kanaillen'. Die Betonung, die er auf dieses letzte Wort legte, war recht deutlich zu hören.

Die Straße, die von Millbrook nach Spotswood führt, entspricht der mathematischen Definition einer geraden Linie. Sie bildet die dritte Konzessionsstraße der Gemeinde und weist nirgendwo eine Kurve auf. Die Konzessionsstraßen sind von Westen nach Osten nummeriert, und die im rechten Winkel zu ihnen verlaufenden Seitenlinien sind genau zwei Meilen voneinander entfernt.

Im nordwestlichen Winkel, der durch den Schnittpunkt der Schotterstraße mit der ersten Seitenlinie nördlich von Millbrook gebildet wird, stand eine kleine Mautstelle, die zur Zeit der Erzählung von einem Jonathan Perry betrieben wurde. Zwischen der Mautstelle und Savareen's Haus auf derselben Straßenseite befanden sich mehrere andere Häuser, auf die nicht weiter eingegangen werden muss.

Auf der gegenüberliegenden Seite des Highways, etwas mehr als hundert Yards nördlich der Mautstelle, wohnte ein Bauer namens Mark Stolliver. Eine halbe Meile weiter befand sich das Haus von John Calder, das einzige, bis man zum Haus von Squire Harrington kam. Hinter der Farm des Squire befand sich ein riesiger Sumpf von etwa fünfzig Hektar, in dem Cranberrys in Hülle und Fülle wuchsen, weshalb er auch als Cranberry-Sumpf bekannt war.

Nun haben Sie die gesamte Gegend vor sich, und wenn Sie Ihren Blick auf den folgenden groben Plan richten, werden Sie keine Schwierigkeiten haben, die Szene mit einem einzigen Blick zu erfassen:

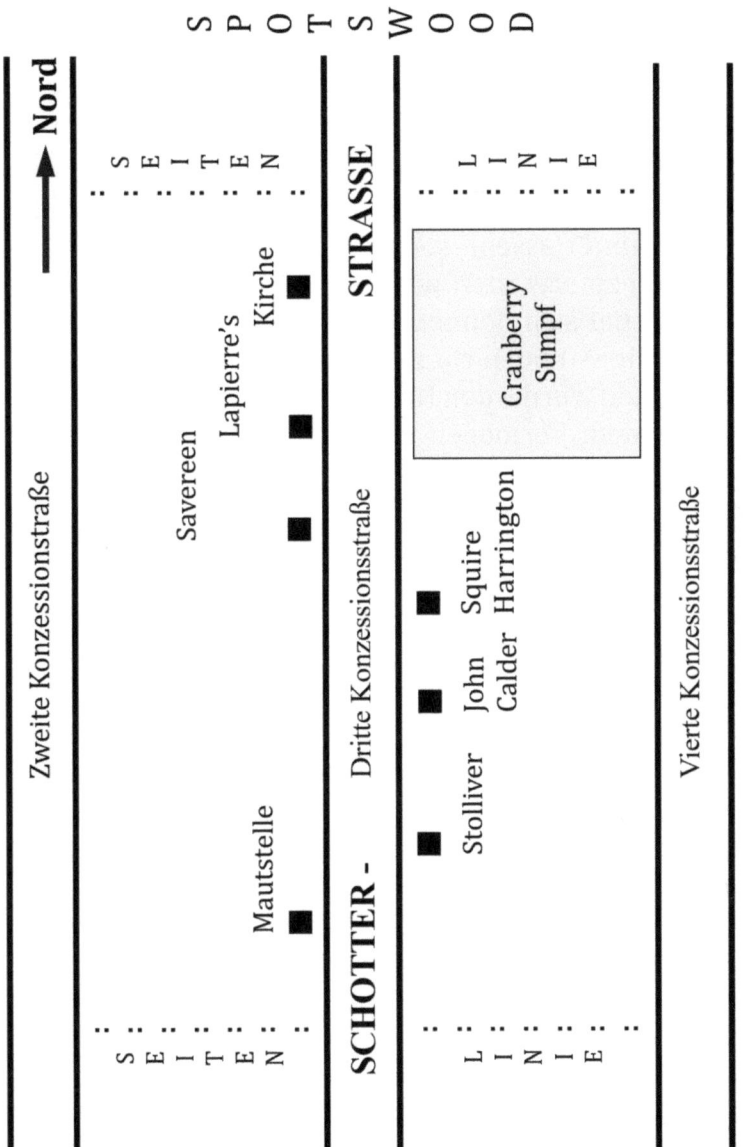

MILLBROOK SETTLEMENT

SCHOTTER - STRASSE

SPOTS WOOD SETTLEMENT

Nord →

Zweite Konzessionsstraße

Mautstelle

Savereen

Lapierre's

Kirche

Dritte Konzessionsstraße

Stolliver

John Calder

Squire Harrington

Cranberry Sumpf

Vierte Konzessionsstraße

III. Eine Reise in die Stadt

Im Frühjahr 1854 erreichte Savareen ein Brief aus seiner früheren Heimat in Hertfordshire, der die Nachricht vom plötzlichen Tod seines Vaters enthielt. Der alte Herr war recht wohlhabend gewesen, hatte aber eine zahlreiche Familie hinterlassen, sodass für Reginald kein großes Vermögen zu erwarten war. Der Betrag, der ihm vermacht wurde, belief sich dennoch auf vierhundert Pfund Sterling ohne Abzüge – eine nicht zu verachtende Summe, die es ihm ermöglichen würde, den Hof zu kaufen, auf dem er lebte, und damit seinem Vermögen einen wesentlichen Schub geben würde.

Die Testamentsvollstrecker verloren keine Zeit mit der Abwicklung und Verteilung des Nachlasses, und in der zweiten Juliwoche traf ein Brief ihrer Anwälte ein, der einen Wechsel auf die Torontoer Niederlassung der Bank of British North America über die angegebene Summe enthielt. Savareen traf mit der örtlichen Bank in Millbank Vorkehrungen, um den Erlös abzuholen und sich so die Reise nach Toronto zu ersparen. In der Zwischenzeit schloss er mit Squire Harrington ein Geschäft über den Kauf der Farm ab. Man einigte sich auf einen Preis von 3.500 Dollar, von dem die Hälfte bei Übergabe der Urkunde angezahlt, während der Rest durch eine Hypothek gesichert werden sollte. Das Geld sollte spätestens am 18. des Monats bei der Bank eingehen, und so wurde auch dieser Termin für den Abschluss der Transaktion festgelegt. Rechtsanwalt Miller wurde angewiesen, die Dokumente um 12 Uhr mittags zur Ausfertigung bereitzuhalten, wenn die Parteien und ihre jeweiligen Ehefrauen in seinem Büro in Millbrook erscheinen.

Der Montagmorgen des 17. war nass und versprach einen regnerischen Tag. Da keine Aussicht bestand, dass er irgendeine Arbeit auf dem Hof verrichten konnte, dachte Savareen, er könne genauso gut in die Stadt reiten, nur um nachzusehen, ob das Geld angekommen war.

Er sattelte seine schwarze Stute und machte sich auf den Weg nach Millbrook – so gegen zehn Uhr vormittags. Seine beiden Hunde wollten ihn offensichtlich begleiten, aber er hielt es nicht für angebracht, ihnen diesen Wunsch zu erfüllen, und schickte sie zurück.

Noch bevor er weit geritten war, hörte der Regen auf, und die Sonne kam warm und hell heraus. Er war jedoch faul gestimmt und hielt es nicht für sinnvoll, zur Arbeit zurückzukehren. Wahrscheinlich wollte er ohnehin nur einen Vorwand für einen müßigen Tag in der Stadt haben, denn es gab keine wirkliche Notwendigkeit für eine solche Reise.

Als er die Hauptstraße erreichte, stellte er seine Stute vor dem Peacock Inn ab, das er gewöhnlich aufsuchte, wenn er in Millbrook war.

Danach suchte er die Bank auf und erkundigte sich nach seinem Wechsel. Ja, das Geld war da. Der Bankangestellte, der davon ausging, dass er den Betrag sofort abheben wollte, zählte die Geldscheine für ihn ab und bat ihn, die Quittung in dem dafür vorgesehenen Buch zu unterschreiben. Savareen gab daraufhin zu verstehen, dass er nur vorbeigekommen sei, um sich nach dem Eingang des Geldes zu erkundigen, und dass er es bis zum nächsten Tag zurücklegen sollte.

Der Angestellte, der schlechter Stimmung war, weil er sich zuvor bereits über die eine oder andere Kleinigkeit aufgeregt hatte und zudem an diesem Morgen sehr beschäftigt war, bemerkte bissig, dass er sich schon mehr um die Sache gekümmert habe, als sie überhaupt wert sei.

Seine gereizte Miene und die Sprache verärgerten Savareen, der daraufhin das Geld an sich nahm und die Quittung unterschrieb. Er verließ die Bank mit der Erklärung, dass er 'diesen Laden nicht mehr mit seinen Geschäften belästigen würde'.

Sobald der Angestellte Zeit gefunden hatte, über die Angelegenheit nachzudenken, erkannte er, dass er unhöflich gewesen war, und wollte sich entschuldigen, aber sein Kunde hatte bereits den Staub der Bank von seinen Füßen geschüttelt und sich auf den Weg gemacht, sodass es keine Gelegenheit mehr gab, den kleinen Zank zu schlichten.

Wie sich später herausstellte, sollte der Streit in dieser Welt nie beigelegt werden, denn die beiden trafen sich diesseits des Grabes nie wieder.

Anstatt sofort nach Hause zu gehen, wie er es hätte tun sollen, hing Savareen den ganzen Tag in der Taverne herum, trank mehr, als für seine Konstitution gut war, und erzählte jedem, den er traf, von der Unhöflichkeit, der er durch den Bankangestellten ausgesetzt gewesen war.

Alle, denen er die Geschichte erzählte, dachten, er messe der Angelegenheit mehr Bedeutung bei, als sie verdiene, und sie bemerkten, dass die Narbe auf seiner Wange wieder in ihrer grellsten Form zum Vorschein kam.

Er aß im Peacock zu Abend und vergnügte sich danach mit verschiedenen Spielen wie Bagatelle und Bowling; die Einsätze bestanden jedoch nur aus Bier und Zigarren, und er wurde im Laufe des Nachmittags nicht mehr als ein paar Schilling los.

Zwischen sechs und sieben Uhr abends verwöhnte ihn die Wirtin mit einer Tasse starken Tees. Danach schien es so, als habe er sich von seinen nachmittäglichen Vergnügungen erholt. Wenige Minuten vor Einbruch der Dunkelheit bestieg er seine Stute und machte sich auf den Heimweg.

Die bedrohlichen Wolken des frühen Morgens hatten sich längst verzogen. Die Sonne hatte den ganzen Nachmittag hindurch hell geschienen und war in einem prächtigen Glanz untergegangen. Der Mond würde erst gegen neun Uhr aufgehen, aber der Abend war herrlich ruhig und klar, und der Weg des Reiters nach Hause verlief pfeilgerade über eine der besten Straßen des Landes.

IV. Verschwunden

Um genau acht Uhr am Abend jenes gleichen Montags, des 17. Juli 1854, saß der alte Jonathan Perry an der Pforte der Mautstelle zwei Meilen nördlich von Millbrook und rauchte ruhig seine Pfeife.

Das Wetter war zu warm gewesen, als dass man sich großartig etwas angezogen hätte, und so saß der alte Mann ohne Hut und Mantel auf einer Art Sitzgelegenheit an der Türschwelle.

Er war ein unverbesserliches Klatschmaul und kannte die Geschäfte aller Leute in der Nachbarschaft. Er wusste alles über den Vertrag, der zwischen Savareen und Squire Harrington geschlossen worden war, und wie er am nächsten Tag vollzogen werden sollte, denn als Savareen an diesem Morgen in die Stadt geritten war, hatte er ihn über den angeblichen Zweck seiner Reise informiert, und nun fiel dem alten Mann plötzlich auf, dass junge Bauer nicht nach Hause zurückgekehrt war.

Während er dort saß und nachdachte, ertönte an seinem Ohr der erste Schlag der Stadtglocke, welche die 8. Stunde ankündigte. Noch bevor das Läuten verstummt war, hörte er zusätzlich das Geräusch von Pferdehufen, die schnell die Straße hinaufkamen.

»Ah«, sagte er zu sich selbst, »da kommt er. Seine Frau wird ihn sicher schelten, weil er so spät erscheint.«

In einem anderen Augenblick hielt der Reiter vor ihm an, aber nur, um ein Wort des Grußes zu wechseln, denn das Tor war weit geöffnet, und es gab nichts, was ihn am Weiterkommen hindern würde. Der ehrwürdige Torwächter hatte richtig vermutet. Es war Savareen auf seiner schwarzen Stute.

»Hallo, Jonathan, ein schöner Abend«, bemerkte der junge Bauer.

»Ja, Mr. Savareen – ein schöner Abend. Sie haben einen langen Tag in der Stadt hinter sich. Man wird sich zu Hause Sorgen um Sie machen. Ist das Geld gekommen, wie Sie es erwartet haben?«

»Ja, das Geld war da, und ich habe es in meiner Tasche. Ich habe mit diesem eingebildeten Kerl, Shuttleworth, in der Bank gesprochen. Er passt nicht auf seinen Platz, und ich kann Ihnen sagen, dass er kein Geld mehr von mir in die Hand nehmen wird.«

Dann erzählte er zum zwanzigsten Mal innerhalb der letzten Stunden die Einzelheiten seines Gesprächs mit dem Bankangestellten. Der alte Mann stimmte mit Savareens Einschätzung von Shuttleworths Verhalten völlig überein. »Ich muss die Einnahmen vom Tor am Ersten eines jeden Monats auf die Bank einzahlen«, bemerkte er, »und dieser junge Mann tut immer so hochnäsig, als wäre er zu schade dafür, es anzurühren. Ich wundere mich, dass Sie nicht über ihn hergefallen sind.«

»Oh, das hätte ich wohl kaum getan«, erwiderte er, »aber ich habe ihm meine Meinung gegeigt und ihm gesagt, dass es lange dauern würde, bis ich wieder in seinem Laden auftauchen würde. Und so wird es auch sein. Ich bewahre mein bisschen Geld, wenn ich welches habe, lieber zu Hause im Uhrenkasten auf. Hier gibt es sowieso nie Einbrüche.«

Jonathan antwortete ihm und sagte, dass es, soweit er wisse, seit vielen Jahren keinen Einbruch mehr gegeben hat. »Aber trotzdem«, fuhr er fort, »würde ich eine solche Summe wie vierhundert Pfund nicht bei mir haben wollen, nicht einmal für eine einzige Nacht. Genauso wenig würde ich einen solchen Geldtopf in der Nacht nach Hause tragen wollen, selbst wenn niemand wüsste, dass ich ihn bei mir habe. Reiten Sie nach Hause, Mr. Savareen, und verstecken Sie es bis morgen früh an einem sicheren Ort – das ist mein Rat.«

»Das ist ein sehr guter Rat, Jonathan«, war die Antwort. »Ich werde ihn ohne weitere Worte befolgen. Gute Nacht!«

Und mit diesen Worten setzte Savareen seinen Weg nach Hause in einem flotten Trab fort.

Der alte Mann sah ihm nach, als er die Straße hinaufeilte, konnte ihn aber nicht länger als eine halbe Minute im Auge behalten, da das Tageslicht inzwischen vollständig verschwunden war.

Er zündete seine Pfeife an, die während des Gesprächs erloschen war, und setzte sich wieder auf die Bank. Kaum hatte er das getan, hörte er das Getrappel von Pferdehufen, die sich von Norden her schnell auf das Tor zubewegten. 'Das', sagte er zu sich selbst, 'das muss Savareen sein, der wieder zurückkommt. Was ist denn jetzt los?', fragt er sich.

Doch dieses Mal lag er mit seiner Vermutung daneben. Als der Reiter das Tor erreichte, stellte sich heraus, dass es sich nicht um Savareen, sondern um meinen Gastwirt Lapierre handelte, der auf seinem schnell trabenden Gaul 'Graf Frontenac' ritt – ein Name, der von den Burschen der Gegend respektlos als 'Fronty' abgekürzt wird. Der Reiter hielt mit einem ungestümen 'Woa!' an und reichte dem Torwächter ein Fünf-Cent-Stück als Maut, wobei er sagte, »nun Mr. Perry, wie geht es Ihnen?«

»Oh, guten Abend, Mr. Lapierre. Ich habe Sie nicht erkannt, bis Sie mich angesprochen haben. Ich glaube, mein Augenlicht wird von Tag zu Tag schwächer.«

»Sind Sie auf dem Weg in die Stadt?«, fuhr er fort.

»Ja, ich will sehen, was mit Mr. Savareen los ist. Er ist heute früh in die Stadt geritten, um sich um einige Geldangelegenheiten zu kümmern, und hat versprochen, in ein paar Stunden zurück zu sein, aber er ist noch nicht wiedergekommen. Mrs. Savareen war heute Nacht so beunruhigt über ihn, dass sie zu mir kam und mich aufgefordert hat, hinzureiten und ihn zu suchen. Ich nehme an, Sie haben ihn auf dem Weg dorthin gesehen?«

»Ob ich ihn gesehen habe? Auf seinem Weg nach dorthin?! Wovon reden Sie denn? Haben Sie ihn nicht gerade erst getroffen?«

»Wen getroffen?«

»Savareen.«

»Wo? Wann?«

»Keine zwei Minuten ist es her. Er kam hier auf dem Heimweg vorbei, kurz bevor Sie aufgetaucht sind.«

»Wie lange ist das her?«

»Wie lange! Das habe ich Ihnen doch gerade gesagt. Keine zwei Minuten. Er war kaum außer Sichtweite, als ich die Füße ihres Pferdes auf dem Pflastern Steinen gehört habe und dachte, er käme wieder zurück. Sie müssen ihn auf dieser Seite von Stolliver getroffen haben.«

Es folgten weitere Erklärungen des alten Jonathan, der von dem Gespräch erzählte, das er gerade mit Savareen geführt hatte.

141

Der Schlüssel zur Lösung des Problems war natürlich nicht schwer zu finden. Savareen hatte die Mautstelle verlassen und war in nördlicher Richtung weitergeritten, keine zwei oder drei Minuten bevor Lapierre, der auf der gleichen Straße in südlicher Richtung unterwegs war, den gleichen Punkt erreicht hatte.

Die beiden waren sich nicht begegnet. Daher war einer von ihnen von der Straße abgebogen. Lapierre war nicht abgebogen, also musste es sich um Savareen handeln. Die Zeitspanne, die verstrichen war, war jedoch zu kurz, als dass dieser mehr als ungefähr hundert Yards weit geritten sein konnte.

Die einzige Abzweigung von der Straße im Umkreis von viermal dieser Distanz war die Einfahrt zu Stollivers Haus. Die Erklärung war also ganz einfach. Savareen hatte bei Stollivers vorbeigeschaut. Q. E. D. [quod erat demonstandum – was zu beweisen wäre]. Seltsam war nur, dass er dem alten Jonathan nichts von seiner Absicht gesagt hatte, dort vorbeizuschauen. Er war losgeritten, als wolle er unverzüglich nach Hause kommen und sein Geld für die Nacht an einem sicheren Ort verstecken.

Und wenn ich so darüber nachdenke, war es schwer, zu verstehen, welchen Grund er haben könnte, bei Stolliver vorbeizuschauen. Er hatte nie irgendwelche geschäftlichen oder gesellschaftlichen Beziehungen zu Stolliver gehabt, und die beiden kannten sich lediglich flüchtig. Seltsam war auch, dass Savareen dabei sein Pferd durch das Tor hineingeführt haben musste, denn draußen befand sich ein Anbindepfosten, und er konnte nicht die Absicht gehabt haben, länger zu bleiben.

Es hatte jedoch keinen Sinn, schwierige Probleme aufzuwerfen, die sich mit einer kurzen Erklärung sicher nicht lösen ließen. Es war aber absolut sicher, dass Savareen bei Stolliver war, denn er hätte es nicht vermeiden können, Lapierre zu treffen, wenn er nicht dort hineingeschaut hätte.

Es war Lapierres Aufgabe, ihn zu finden und ihn nach Hause zu bringen. Der Wirt des Royal Oak wendete also den Kopf seines Pferdes und galoppierte die Straße zurück, bis er die Vorderseite von Stollivers Haus erreichte.

Stolliver und seine beiden Jungen saßen draußen am Zaun, nachdem sie kurz zuvor aus dem Haus gekommen waren. Sie hatten bis nach Sonnenuntergang auf den Feldern gearbeitet und waren gerade von einem späten Abendessen vom Tisch aufgestanden. Der alte Stolliver hatte die Angewohnheit, jeden Abend nach dem Essen eine Pfeife zu rauchen, und bei schönem Wetter zog er es im Allgemeinen vor, sie im Freien zu rauchen, wie er es an diesem Abend tat, obwohl es schon dunkel war.

Als Lapierre die Zügel anzog, sah er die drei Gestalten am Zaun, konnte aber in der Dunkelheit keine von den anderen unterscheiden.

»Ist das Mr. Stolliver?«, fragt er.

»Ja, wer sind *Sie*?«, lautete die ungnädige Antwort in schroffem Tonfall. Der alte Stolliver war ein rüpelhafter, grobschlächtiger Kerl, der den Höflichkeiten wenig Beachtung schenkte und sich im Gespräch nicht gerade von der besten Seite zeigte.

»Kennen Sie mich nicht? Ich bin Mr. Lapierre.«

»Oh, Mr. Lapierre, wie? Es war ein warmer Tag gewesen.«

»Ja. Ist Mr. Savareen schon weg?«

»Mr. wer?«

»Mr. Savareen. Ist er jetzt nicht gerade hier bei Ihnen?«

»Hier? Warum?«

Der Gastwirt fühlte sich inzwischen ein wenig angewidert von der rüpelhaften Unhöflichkeit des Mannes.

»Wollen Sie bitte so gut sein und mir sagen«, fragte er, »ob Mr. Savareen hiergewesen ist?«

»Nicht, dass ich wüsste. Ich hab ihn nicht gesehen.«

Lapierre war verblüfft. Er erklärte seinem Gesprächspartner die Sachlage, der die Mitteilung mit seiner gewohnten Gelassenheit aufnahm und sich eine Pfeife anzündete, so, als wolle er sagen, dass ihn die Angelegenheit nichts anginge.

»Nun«, bemerkte er mit ärgerlicher Gelassenheit, »ich nehme an, Sie müssen ihn auf der Straße überholt haben. Wir sind nicht länger als ein oder zwei Minuten hier draußen gewesen. Seitdem ist niemand mehr vorbeigekommen.«

Das schien unglaublich. Wo, um alles in der Welt, war Savareen? War er in das Innere der Erde versunken oder zusammen mit der schwarzen Stute in einem Ballon aufgestiegen? Natürlich war es Unsinn, dass der Gastwirt auf der Straße an ihm vorbeigeritten sein sollte, ohne etwas von ihm zu sehen oder zu hören. Aber welche andere Erklärung ließen die Umstände zu? Jedenfalls blieb Lapierre nichts anderes übrig, als zu Savareens Haus zurückzureiten und nachzusehen, ob er dort angekommen war.

Obwohl, man könnte noch etwas anderes tun – er könnte zur Mautstelle zurückkehren und sich vergewissern, ob Jonathan Perry sich der Identität des Mannes sicher war, von dem er sich vor wenigen Minuten getrennt hatte. Der Kopf seines Pferdes 'Graf Frontenacs' wandte sich also wieder nach Süden, und ein kurzer Trab brachte ihn wieder zur Mautstelle, wo der Pförtner immer noch rauchend vor der Tür saß.

Ein kurzes Gespräch mit ihm genügte, um Lapierre davon zu überzeugen, dass es sich nicht um eine Verwechslung gehandelt haben konnte. »Nun«, sagte Jonathan, »ich kenne Herrn Savareen so gut wie meine rechte Hand. Und hat er mir nicht von seinem Streit mit Shuttleworth erzählt, und dass er die vierhundert Pfund in der Tasche hatte? So dunkel es auch gewesen war, ich habe die Narbe auf seiner Wange bemerkt, als er von der Sache sprach.«

»Frau, komm her«, rief er dann laut, woraufhin seine Frau auf der Schwelle erschien. »Nun«, fuhr der alte Mann fort, »sag Mr. Lapierre, ob du gesehen hast, wie Mr. Savareen vor ein paar Minuten mit mir gesprochen hat und dann die Straße hinaufgeritten ist, kurz bevor Mr. Lapierre herkam. Hast du ihn gesehen oder nicht?«

Die Antwort von Mrs. Perry war entschieden und gleichzeitig schlüssig, was die Fakten anging. Sie hatte nicht nur gesehen, wie Savareen vor dem Tor auf seiner schwarzen Stute saß, gleich nachdem die Stadtglocke aufgehört hatte, acht Uhr zu läuten, sondern sie hatte auch das Gespräch zwischen ihm und ihrem Mann mitgehört und so ziemlich jedes Wort verstanden.

Lapierre nahm sie weiter ins Kreuzverhör und stellte fest, dass ihr Bericht über das Gespräch genau mit dem übereinstimmte, was er bereits vom alten Jonathan gehört hatte.

»Nun«, sagte sie schließlich, »es besteht kein größerer Zweifel daran, dass es sich um Mr. Savareen gehandelt hat, als daran, dass dieser Torpfosten dort am Straßenrand steht.«

Sie fügte noch hinzu: »'Das ist ein sehr guter Rat, und ich werde ihn ohne weitere Worte befolgen', hat er noch gesagt. Dann wünschte er 'Gute Nacht' und ritt die Straße hinauf. Verlassen Sie sich darauf, Mr. Lapierre, Sie haben ihn in der Dunkelheit irgendwie verpasst, und er ist inzwischen wohlbehalten zu Hause.«

»Ja, ja, Mr. Lapierre, kein Zweifel«, fuhr der alte Jonathan fort, »Sie haben ihn auf der Straße überholt, ohne ihn zu sehen. Es war dunkel, und ihr hattet es beide eilig. Ich habe schon viel Seltsameres gehört.«

Lapierre konnte es nicht glauben. Er wusste genau, dass es ihm ebenso unmöglich war, in einer klaren Nacht auf dieser schmalen Straße an einem Mann zu Pferde vorbeizukommen, ohne ihn zu sehen – vor allem, wenn er in der besonderen Absicht unterwegs war, eben diesen Mann zu finden – wie es ihm möglich wäre, ein Gläschen französischen Branntwein mit einem Glas Bier zu verwechseln.

Die Tatsachen schienen jedoch ganz und gar gegen ihn zu sprechen, denn er verabschiedete sich von dem alten Ehepaar und stellte 'Graf Frontenac' auf die Probe. Er blieb nicht an einem Bach stehen – es *gab* einen Bach in der Nähe der Straße – und er achtete nicht auf Steine auf seinem Weg, sondern raste in einem halsbrecherischen Tempo weiter, als ob er um eine Wette reiten würde. In fünf Minuten erreichte er das Eingangstor von Savareens Haus.

Dort wartete Mrs. Savareen, die nach ihrem Mann Ausschau hielt. Nein, natürlich war er nicht nach Hause gekommen. Sie hatte weder etwas von ihm gesehen noch gehört und war inzwischen sehr aufgeregt. Sie können mir glauben, dass ihre Beunruhigung nicht geringer wurde, als sie die seltsame Geschichte hörte, die Lapierre ihr zu erzählen hatte.

Dennoch gab sie die Hoffnung nicht auf, dass ihr Mann irgendwann in der Nacht eintreffen würde. Lapierre versprach, in ein oder zwei Stunden wieder vorbeizuschauen, und begab sich in sein eigenes Haus, wo er die kleine Gesellschaft, die er dort vorfand, mit der Erzählung seiner abendlichen Heldentaten erfreute. Noch vor dem Schlafengehen war die Geschichte in der ganzen Nachbarschaft bekannt.

V. Einhundert Pfund Belohnung

Mrs. Savareen blieb bis weit nach Mitternacht wach und wartete auf ihren Mann, aber ihre Wache war vergeblich. Nachdem Lapierre sein Gasthaus für die Nacht geschlossen hatte, kam er, wie versprochen, vorbei, um zu sehen, ob es eine Nachricht von dem Abwesenden gab. Bis zum Tagesanbruch konnte nichts weiter unternommen werden, um nach der letzteren Person zu suchen.

Es ging schon auf den Morgen zu, als Mrs. Savareen ihr Bett aufsuchte, und als sie sich hinlegte, wurde ihr Schlummer unterbrochen und gestört. Sie wusste nicht, was sie denken sollte, und sie wurde von der Angst verfolgt, dass sie ihren Mann nie wieder lebend sehen würde.

Am nächsten Morgen, kurz nach Tagesanbruch, war die ganze Nachbarschaft auf den Beinen, und die Umgebung wurde sorgfältig nach Spuren des Vermissten abgesucht.

Squire Harrington fuhr in die Stadt und erkundigte sich bei der Bank, wo er feststellte, dass die Geschichte, die Savareen dem alten Jonathan Perry über seine Auseinandersetzung mit Shuttleworth erzählt hatte, im Wesentlichen richtig war. Damit war die Theorie, Jonathan und seine Frau hätten Savareen mit einer anderen Person verwechselt, endgültig vom Tisch.

Squire Harrington erfuhr darüber hinaus alles über die Aktivitäten des Mannes am vorangegangenen Nachmittag und konnte die Zeit bestimmen, zu der er sich auf den Heimweg gemacht hatte. Er war etwa Viertel vor acht vor der Tür des Peacock Inn Tür losgeritten. Damit wäre er um acht Uhr an der Mautstelle gewesen – die Stunde, in der Perry behauptete, ihn gesehen und mit ihm gesprochen zu haben.

Es gab keinen Raum mehr für Zweifel. Das Gespräch hatte tatsächlich um acht Uhr am Vorabend stattgefunden, und Savareen war innerhalb von fünf Minuten vom Tor der Mautstelle in Richtung Norden geritten. Er konnte sich nicht weiter als hundert oder höchstens zweihundert Yards entfernt haben, sonst wäre er Lapierre unweigerlich begegnet. Wie hatte er es geschafft, so plötzlich aufzuhören zu existieren? Und es war nicht nur der Mann, sondern auch das Pferd, das auf diese unerklärliche Weise verschwunden war. Es schien unwahrscheinlich, dass zwei so große Lebewesen spurlos aus dem Leben scheiden konnten. Sie mussten sich buchstäblich in Luft aufgelöst haben.

Nein, das hatten sie nicht! Zumindest die schwarze Stute nicht, denn sie wurde kurz vor Mittag von mehreren Mitgliedern des Suchtrupps entdeckt. Als sie gefunden wurde, weidete sie in aller Ruhe auf dem feuchten Gras am Rande des Cranberry-Sumpfes hinter der Farm von Squire Harrington. Sie war völlig unversehrt und hatte offensichtlich die Nacht dort verbracht. Die Trense war ihr aus dem Maul genommen worden, aber das Zaumzeug hing unversehrt um ihren Hals. Der Sattel jedoch war, wie sein Besitzer, von ihrem Rücken verschwunden.

Dann begannen die Männer mit einer systematischen Suche im inneren Bereich des Sumpfes. Bald stießen sie auf den Sattel, der offenbar absichtlich abgeschnallt, von der Stute abgenommen und auf einem trockenen Fleck Erde nahe dem Rand des Sumpfes abgelegt worden war. Etwas weiter im Inneren stießen sie auf einen Herrenmantel aus dunkelbraunem Stoff. Dieses Kleidungsstück wurde von einem der Gruppe als das von Savareen identifiziert. Er war nass und mit Schlamm besudelt und lag, als er gefunden wurde, halb in und halb außerhalb einer kleinen Wasserpfütze. Nun waren die Suchenden sicher, auch die Leiche zu finden.

Doch sie wurden enttäuscht.

Mit äußerster Gründlichkeit untersuchten sie die Vertiefungen des Sumpfes, von einem Ende zum anderen und von einer Seite zur anderen, fanden aber nichts, was ihre Suche belohnt hätte. Der Boden war zu weich und sumpfig, um Spuren von Fußstapfen zu hinterlassen, und die Stute und der Sattel lieferten den einzigen Beweis dafür, dass sich das Objekt ihrer Suche in der Nähe des Sumpfes befunden hatte – und natürlich war dieser Beweis von höchst vager und uneindeutiger Natur.

Dann begab sich die Gruppe geschlossen zum Haus des Vermissten. Hier erwartete sie eine weitere Überraschung. Mrs. Savareen erkannte sofort, dass der Mantel ihrem Mann gehörte, *aber es war nicht der Mantel, den er zum Zeitpunkt seines Verschwindens getragen hatte.* Daran gab es keinen Zweifel. In der Tat hatte er ihn seit mehr als einer Woche nicht mehr getragen. Seine Frau erinnerte sich deutlich daran, dass er am Samstag der vorletzten Woche zusammengefaltet und oben in einen großen Koffer gelegt worden war; seitdem hatte sie ihn nie wieder gesehen.

Das machte die Sache noch mysteriöser.

Die Suche wurde mehrere Tage lang ohne Unterbrechung fortgesetzt, und fast alle Landwirte in der Umgebung beteiligten sich daran, sogar unter Vernachlässigung der Erntearbeiten, die ihre Aufmerksamkeit erfordert hätten. Besonders aktiv war Squire Harrington, der nichts unversucht ließ, um das Geheimnis zu lüften. Lapierre widmete seine gesamte Zeit der Suche und ließ das Royal Oak in der Obhut der Wirtin.

Die örtliche Polizei gab sich so viel Mühe, wie noch nie zuvor. Jeder wahrscheinliche und unwahrscheinliche Ort, an dem die Leiche eines Mannes verborgen liegen könnte, jedes Stück Buschwerk und Wald, jede Scheune und jedes Nebengebäude, jede Mulde und jeder Graben, jedes Feld und jede Zaunecke wurde sorgfältig erkundet. Sogar in die Brunnen der Gegend wurde hineingeschaut und man suchte wie nach den Spuren des 'dreizehnten Steins der Menschheit', der auf so unerklärliche Weise von der Erdoberfläche verschwunden ist.

Dr. Scott, der örtliche Untersuchungsrichter, hielt sich bereit, in kürzester Zeit ein Geschworenengericht einzuberufen. Als all diese Maßnahmen nicht zum Erfolg führten, wurde eine öffentliche Versammlung der Einwohner einberufen, und es wurde Geld gespendet, um die Suche noch weiter voranzutreiben. Eine Belohnung von einhundert Pfund wurde für jeden Hinweis ausgesetzt, der zur Entdeckung des Vermissten – tot oder lebendig – führen oder Aufschluss über sein Schicksal geben würde. Handzettel, die diese Belohnung ankündigten und das Aussehen des gesuchten Mannes beschrieben, wurden in jeder Bar und an jedem anderen auffälligen Ort in Westchester und den angrenzenden Gemeinden ausgehängt.

In den wichtigsten Zeitungen von Toronto, Hamilton und London [London in Ontario, Kanada] sowie in mehreren der nächstgelegenen Grafschaftsstädte wurden Anzeigen geschaltet, in denen die wichtigsten Fakten dargelegt wurden.

Alles war vergebens. Tage, Wochen und Monate vergingen und lieferten nicht den Hauch eines Hinweises auf das mysteriöse Verschwinden von Reginald Bourchier Savareen in der Nacht zum Montag, dem 17. Juli, 1854.

VI. Spekulationen

Lange Zeit nach der Nacht des Verschwindens hätte man in Oberkanada kaum eine verwirrtere Gemeinde finden können als die, welche sich an der Straße von Millbrook nach Spotswood befand.

Auf den ersten Blick schien es wahrscheinlich, dass der vermisste Mann wegen seines Geldes ermordet worden war. Am Nachmittag des Tages, an dem er zum letzten Mal in Millbrook gesehen wurde, war die Tatsache, dass er vierhundert Pfund in Banknoten in seinem Besitz hatte, vielen Leuten bekannt, denn, wie bereits angedeutet, erzählte er die Geschichte seines Streits in der Bank so ziemlich jedem, mit dem er im weiteren Verlauf des Tages in Kontakt kam, und er beendete seine Erzählung immer damit, dass er allen, die es interessieren könnte, verkündete, er habe die Banknoten in seiner Tasche bei sich.

Es war jedoch schwierig, eine bestimmte Person als verdächtig zu bezeichnen. Keiner seiner Gefährten hatte an diesem Nachmittag versucht, ihn in der Stadt aufzuhalten, und sein Verbleiben bis zum Abend war ausschließlich seinen eigenen Plänen geschuldet.

Soweit bekannt, war ihm niemand gefolgt, nachdem er das Peacock Inn um 19.45 Uhr verlassen hatte. Jeder, der ihm nachgekommen wäre, hätte keine Möglichkeit gehabt, ihn zu überholen, es sei denn, er wäre auf einem guten Pferd geritten, und hätte dann aber zwangsläufig die Mautstelle passieren müssen.

Nach der Aussage von Perry und seiner Frau war ihm niemand durch das Tor gefolgt, auch nicht mehr als eine Stunde danach. Aber – Rätsel aller Rätsel – wo hatte er sich und seine Stute in den zwei oder drei Minuten verstecken können, die zwischen seinem Wegreiten vom Maut-Tor und der Ankunft von Lapierre verstrichen waren? Und wenn er ermordet wurde, was war aus seiner Leiche geworden?

Wenn es irgendwie vernünftig gewesen wäre, Stolliver zu verdächtigen, wäre der Verdacht sicherlich auf diese Person gefallen. Aber ein solcher Gedanke kam überhaupt nicht infrage. Stolliver war ein rüpelhafter, ungehobelter Kerl, aber einen Mann, bei dem es unwahrscheinlicher gewesen wäre, dass er ein so schweres Verbrechen hätte begehen können, würde man im ganzen Land nicht finden. Auch konnte er kein denkbares Motiv haben, Savareen zu ermorden; zudem hatte er den ganzen Tag auf dem Feld gearbeitet und nichts von den vierhundert Pfund gewusst.

Weiterhin erwies sich die Sache bei einer kurzen, ruhigen Untersuchung als absolut unmöglich. Zum Zeitpunkt von Savareens Verschwinden hatte Stolliver an seinem eigenen Tisch gesessen, zusammen mit seiner Frau, seiner Familie und einer erwachsenen Dienerin. Er hatte sich gegen Viertel vor acht an den Tisch gesetzt und war erst einige Minuten nach dem Ende des Läutens der Stadtglocke aufgestanden.

Nach dem Verlassen des Tisches war er mit seinen beiden dreizehn- bzw. fünfzehnjährigen Jungen hinausgegangen und hatte sich mit ihnen in der Nähe des Zauns niedergelassen, als Lapierre vorbeikam und ihn befragte, wie in einem früheren Kapitel beschrieben. Es lohnte sich also nicht, diese Seite der Ermittlungen weiterzuverfolgen.

Die einzigen anderen Personen, auf die der Schatten eines Verdachts fallen konnte, waren Lapierre und Jonathan Perry.

Nun, was Letzteren betraf, war die Idee zu absurd, um ernsthaft in Betracht gezogen zu werden. Zunächst einmal war Jonathan sechsundsiebzig Jahre alt, gebrechlich und fast altersschwach. Außerdem war er ein Mann von ausgezeichnetem Charakter, der, trotz seiner bescheidenen Stellung im Leben, von allen, die ihn kannten, gemocht und respektiert wurde. Schließlich hätte er Savareen nicht ohne das Wissen und die Zustimmung seiner Frau beseitigen können, einer sanften, gütigen alten Seele, die ihren besten Trost zwischen den Buchdeckeln ihrer Bibel fand und die nicht einmal den Finger gegen einen Wurm erhoben hätte. Auch diese Seite der Untersuchung kann folglich als abgeschlossen betrachtet werden.

Was Lapierre anging, so war die Idee mindestens so absurd wie bei den anderen.

Der joviale Wirt des Royal Oak war im Großen und Ganzen ein Mann, bei dem die Wahrscheinlichkeit, dass er einen Raub oder einen Mord beging, ungefähr so groß war wie beim Bischof der Diözese. Er war von heiterer, offener Natur, nicht maßlos oder habgierig, hatte ein recht florierendes Geschäft und war einigermaßen wohlhabend.

In der Nacht des 17. hatte er sich vorgenommen, in die Stadt zu gehen und den abwesenden Mann nach Hause zu bringen, aber er hatte dies auf dringende Bitte der Frau des Mannes und aus reiner Herzensgüte getan. Als er sich auf den Weg machte, wusste er nichts von dem Streit in der Bank und folglich auch nicht, dass Savareen eine beträchtliche Geldsumme bei sich hatte. Sein erstes Wissen zu diesem Thema hatte er von Perry erhalten, und vor diesem Zeitpunkt war der Mann verschwunden.

Man musste auch bedenken, dass Savareen und er sich immer sehr gut verstanden hatten und dass Savareen einer seiner besten Kunden war. Aber selbst wenn er der blutrünstigste Mensch der Welt gewesen wäre, hätte er definitiv keine Zeit gehabt, einen Mord zu begehen. Die zwei oder drei Minuten, die zwischen Savareens Abreise von der Mautstelle und Lapierres Ankunft verstrichen waren, waren zu kurz, als dass Lapierre ihn in der Zwischenzeit hätte töten und sich mit seiner Leiche davonmachen können; ganz zu schweigen davon, dass er auch die schwarze Stute so versteckt haben musste, dass sie erst am nächsten Tag beim Cranberry-Sumpf gefunden werden konnte.

Nach einer Weile begann man sich zu fragen, ob es überhaupt wahrscheinlich war, dass ein Mord begangen worden wurde. Der Fund des Mantels war ein unergründliches Rätsel, aber er lieferte keinen Beweis für die eine oder andere Seite.

Und wenn es einen Mord gegeben hatte, wie kam es dann, dass keine Spuren der Leiche zu finden waren? Wie kam es, dass der alte Jonathan, der in dieser stillen Nacht im Freien vor der Tür saß, weder einen Schrei noch irgendeinen anderen Ausruf gehört hatte? Sicherlich waren seine Ohren weit offen und bereit, alles aufzunehmen, was sich bewegte, denn er hatte die Hufe des 'Graf Frontenac' gehört, als sie die Straße hinunterpolterten.

Fragen, wie diese, waren einige Tage nach dem Verschwinden ständig in aller Munde, aber sie fanden nirgendwo eine befriedigende Antwort, und je mehr Zeit verging, desto mehr glaubte man, dass niemals Licht in das rätselhafteste Ereignis gebracht werden würde, das sich seit der Besiedlung dieses Teils des Landes ereignet hatte.

Einer der Polizeibeamten, entmutigt durch wiederholte Misserfolge, wagte allen Ernstes, die Vermutung zu äußern, dass Savareens Stute ihn verschlungen hatte. Wie sonst ließe sich erklären, dass nirgends eine Spur von ihm zu finden war?

Und: Durch ein unerklärliches Versehen hatte Shuttleworth die Nummern der an Savareen übergebenen Geldscheine nicht notiert, sodass es unmöglich war, sie zurückzuverfolgen.

VII. Eine Witwe, ohne Mann, voller Angst

Die Lage der Frau des Vermissten war eine besonders schwierige und schmerzliche – eine Lage, die unbedingt das Mitgefühl der Gemeinschaft, in der sie lebte, erforderte. Dieses Mitgefühl wurde ihr bereitwillig entgegengebracht, aber nur die Zeit konnte so etwas wie Ruhe in ein Gemüt bringen, das von so vielen Ängsten geplagt war wie das ihre.

Nach einigen Wochen bot Squire Harrington ihr großzügig an, ihr die Farm abzunehmen, aber sie wollte diesem Vorschlag eine Zeit lang nicht zustimmen. Trotz ihrer Ängste und Bedenken kam immer wieder die Hoffnung in ihr auf, dass ihr Mann zu ihr zurückkehren würde, und wenn er zurückkam, sollte er sie auf ihrem Posten vorfinden.

In der Zwischenzeit erwiesen ihr die Nachbarn viel Freundlichkeit. Sie schlossen sich freiwillig zu einer Arbeitsgemeinschaft zusammen, ernteten ihr Getreide, droschen es und brachten es für sie zum Markt. Ihr Bruder, ein junger Mann von achtzehn Jahren, kam aus der Stadt und nahm seinen Wohnsitz bei ihr, damit sie nicht ganz einsam unter Fremden zurückblieb.

Und so vergingen der Sommer und der Herbst.

Doch dieser Zustand konnte nicht andauern. Die ungewohnte Einsamkeit ihres Schicksals machte ihr schwer zu schaffen, und als der erste Schnee des Winters kam und sie immer noch keine Nachricht von dem Abwesenden hatte, war die Kraft der trauernden Frau aufgebraucht. Sie gab die Farm auf und kehrte mit ihrem kleinen Jungen und den wenigen Habseligkeiten, die sie behalten wollte, in das Haus ihrer Eltern in Millbrook zurück. Sie war um einige Hundert Dollar reicher als vor dreizehn Monaten, als sie ihr Elternhaus verlassen hatte, aber ihr Geist war traurig und kraftlos, wenn nicht gar gebrochen, und der Glanz ihres Lebens schien gänzlich verschwunden zu sein.

Im Laufe der Zeit gewöhnte sie sich in gewissem Maße an ihr Los, wenn sie sich nicht sogar damit abfand. Aber ihre Situation war, gelinde gesagt, nicht normal. Ihre Eltern waren im Großen und Ganzen freundlich und rücksichtsvoll, aber sie war sich bewusst, dass sie in gewisser Weise von ihnen und vom Rest der Welt isoliert war. Sie fühlte sich als eine, die, wie das Sprichwort sagt, 'weder Magd noch Frau noch Witwe war'.

Sie wusste nicht, ob der Vater ihres Kindes lebte oder tot war. Sie war kaum dreiundzwanzig Jahre alt, aber es stand ihr nicht frei, eine zweite Ehe einzugehen, selbst wenn sie eine Neigung zu einer solchen Verbindung gehabt hätte, die sie, um ihr gerecht zu werden, nicht hatte.

Mit zärtlicher Zuneigung pflegte sie das Andenken an ihren abwesenden Mann und blieb stets in dem Glauben, dass er, selbst wenn er leben würde, ohne sein Verschulden von ihr fernblieb.

Sie lebte ein sehr ruhiges und zurückgezogenes Leben. Trotz der Aufforderungen ihrer Mutter bewegte sie sich an Wochentagen nur selten vor die Tür und hatte nur wenige Besucher. Sonntags ging sie regelmäßig in die Kirche und suchte in den Worten der Religion Milderung ihrer seelischen Depressionen zu finden.

Ihr wichtigster Trost war jedoch ihr Kind, das sie mit der ganzen Zärtlichkeit eines sanften und freundlichen Wesens umgab. Liebevoll versuchte sie, in den hellen Gesichtszügen des Kleinen eine gewisse Ähnlichkeit mit denen des Mannes zu erkennen, den sie geliebt und verloren hatte. Um dies mit Erfolg zu tun, bedurfte es einer ziemlich starken Anstrengung der Vorstellungskraft, denn, um die Wahrheit zu sagen, der Junge bevorzugte die mütterliche Seite und war seinem Vater nicht ähnlicher als einem der zwölf Apostel. Aber eine liebevolle Mutter lebt oft in einer eigenen Welt, die sie selbst erschaffen hat, und kann Ähnlichkeiten entdecken, die für gewöhnliche Sterbliche unsichtbar sind. So war es auch bei dieser Mutter, die oft erklärte, dass ihr Junge eine Art hatte, 'aus den Augen zu schauen', wie sie es ausdrückte, die zwangsweise die Erinnerung an glückliche Tage zurückbrachte, die für immer vergangen waren.

Natürlich wurden Savareens Verwandte in der alten Heimat über sein seltsames Verschwinden und die verschiedenen Umstände, die mit diesem Ereignis verbunden waren, informiert. Frau Savareen selbst hatte die Tatsachen mitgeteilt und auch ein Exemplar des Millbrook Sentinel geschickt, der einen ausführlichen und detaillierten Bericht über die Angelegenheit enthielt. Anschließend traf ein Brief aus Herefordshire ein, in dem der Empfang dieser Schreiben bestätigt und die Frage gestellt wurde, ob der Vermisste gefunden worden sei. In den ersten Monaten gingen noch mehrere Mitteilungen hin und her, und als es dann wirklich nichts mehr zu schreiben gab, wurde die Korrespondenz eingestellt, wobei man sich natürlich darauf einigte, dass alle neuen Tatsachen sofort mitgeteilt werden sollten, falls sich solche ergeben sollten.

Die Sterne verändern nicht ihren Lauf am Himmel, um die Leiden von uns Sterblichen hier unten zur Kenntnis zu nehmen, doch für die Hinterbliebene erschien es unerklärlich, dass die folgenden Monate wie früher kamen und gingen, als ob nichts geschehen wäre, was ihrem jungen Leben die Würze und den Reiz genommen hatte.

Immer wieder wurde ihr Schlaf durch seltsame Träume gestört, in denen ihr der Verlorene in allen möglichen schrecklichen Situationen vor die Augen trat. In diesen Träumen, die sie in den stillen Momenten der Nacht heimsuchten, schien sie ihren Mann nie als tot zu betrachten. Er schien immer am Leben zu sein, aber umgeben von unentwirrbaren Verwicklungen, die große Schwierigkeiten und Gefahren mit sich brachten. Manchmal erwachte sie aus diesen nächtlichen Visionen mit einem lauten Schrei, der alle um sie herum aufschreckte und zeigte, wie sehr ihre Nerven durch die unvorhergesehenen Umstände ihres Schicksals erschüttert worden waren.

Im Frühjahr des darauffolgenden Jahres erlitt sie durch den Tod ihrer Mutter einen weiteren schmerzlichen Verlust. Dieses Ereignis brachte ein zusätzliches Element der Traurigkeit in ihr ohnehin schon trübes Dasein; aber es war nicht ohne gewisse Entschädigungen, da es ihr einen aktiveren Lebenswandel abverlangte und ihr so weniger Zeit ließ, über ihren früheren Kummer zu grübeln. Es bedurfte keines Benvolio*, um uns zu sagen: 'Ein Feuer löscht das Brennen des anderen; ein Schmerz wird durch die Qualen eines anderen gemildert.'

[* Figur aus Shakespeares 'Romes und Julia'; er versucht, Frieden zu stiften]

Die meisten von uns waren schon einmal gezwungen, diese harte Wahrheit am eigenen Leib zu erfahren. Diese verzweifelte Frau hatte den Text wahrscheinlich nie gelesen, aber ihre Erfahrung bestätigte ihn ihr in dieser Zeit in reichem Maße.

Sie sah sich gezwungen, die interne Verwaltung des Haushalts zu übernehmen, und fand dankbaren Trost in den damit verbundenen Tätigkeiten. Sie begann sich wieder für die prosaischen Dinge des Alltags zu interessieren und war weniger geneigt, ein einsames, freudloses Alter zu erwarten. Alles in allem war dieser zweite Trauerfall also nicht ein Leiden, dass keinerlei Milderung mit sich brachte.

Man hätte annehmen können, dass der Platz, den sie nun einnehmen sollte, dazu dienen würde, die Bande zwischen ihrem überlebenden Elternteil und ihr selbst enger zu knüpfen. Eine Zeit lang gab es sicherlich diesen Effekt. Ihre Anwesenheit in seinem Haus muss viel dazu beigetragen haben, den Schlag für ihren Vater zu mildern, und ihre praktische Nützlichkeit wurde zu jeder Stunde des Tages deutlich. Sie kümmerte sich sorgfältig um seine häuslichen Bedürfnisse und tat, was sie konnte, um die Last, die ihm auferlegt worden war, zu lindern.

Aber die alte, alte Geschichte wiederholte sich erneut. Kaum ein Jahr, nachdem ihre Mutter zu Grabe getragen worden war, erfuhr sie, dass der Haushalt eine neue Herrin bekommen sollte. Mit anderen Worten: Sie sollte eine Stiefmutter bekommen. Das Ereignis folgte sehr zeitig auf diese Ankündigung und infolgedessen war sie gezwungen, im Haus ihres Vaters eine zweitrangige Stellung einzunehmen.

Es mag wahr sein, dass erste Ehen manchmal im Himmel geschlossen werden. Es ist sogar möglich, dass zweite Ehen hin und wieder in der gleichen Werkstatt geschlossen werden. Aber Mrs. Savareen wurde bald klar, dass diese spezielle Ehe nicht dazugehörte.

Ihrer Stiefmutter, die nicht viel älter war als sie selbst, war sie ein echter Dorn im Auge. Man machte ihr klar, dass sie und ihr kleiner Junge als Belastung angesehen wurden, die man so lange duldete, bis man sie loswerden konnte, aber darauf auch nicht lange warten wollte.

Die Stiefmutter war ein ziemlich grober Klotz – eine unsympathische, gefühllose Frau, die es verstand, ohne offensichtlichen Anlass, unangenehme Dinge zu sagen und zu tun.

Man sagt, dass der direkte Weg zum Herzen einer Mutter über ihr Kind führt. Man hätte dem die ebenso unanfechtbare Behauptung hinzufügen können, dass die wirksamste Methode, das Herz einer Mutter zu quälen, auf demselben Weg erfolgt.

Die Mutter, die ein einziges Kind hat, das für sie die ganze Welt bedeutet, ist tatsächlich äußerst empfindlich bei jeder Art von Einmischung in ihre mütterlichen Vorrechte. Eine solche Einmischung, von wem auch immer sie ausgeübt wird, ist für sie völlig unerträglich. Diese Empfindlichkeit mag vielleicht eine weibliche Schwäche sein, aber sie ist ein echter mütterlicher Instinkt und nur wenige, die dies beobachtet haben, werden daran etwas aussetzen können.

Bei Mrs. Savareen war diese Eigenart sehr ausgeprägt, und ihre Stiefmutter spielte damit so, dass sie das Leben unter einem Dach mit ihr zu einem schwer zu ertragenden Kreuz machte. Nach einigen Monaten der Prüfung beschloss die jüngere der beiden Frauen, dass sie für sich und ihren kleinen Jungen ein neues Zuhause finden musste.

Die Umsetzung dieses Entschlusses erforderte einige Überlegungen, denn ihre eigenen Mittel reichten nicht aus, um sie zu unterstützen. Ihr Vater war zwar kein armer Mann, aber auch nicht reich, und er hatte weder die Mittel noch den Willen, gleichzeitig zwei noch so bescheidenen Haushalte zu unterhalten.

Da sie geschickt mit Nadel und Faden umgehen konnte, zweifelte sie nicht daran, dass sie in der Lage sein würde, für ihre bescheidenen Bedürfnisse und denen ihres Kindes zu sorgen. Sie mietete und möblierte ein kleines Haus in der Stadt, wo sie feststellte, dass es keinen Grund gab, sich Sorgen um ihren Lebensunterhalt zu machen. Es gab reichlich Handarbeiten, mit denen ihre flinken Finger von morgens bis abends beschäftigt waren, und ihre Einkünfte überstiegen von Anfang an ihre Ausgaben.

Sie war gezwungen, ein eintöniges Dasein zu führen, das jedoch durch die Anwesenheit und die Gesellschaft ihres Jungen aufgehellt wurde, der eine ständige Quelle des Stolzes und der Freude für sie war. Wann immer sie sich dabei ertappte, in eine verzagte Stimmung zu verfallen, dachte sie ernsthaft darüber nach, dass sie sich auch über ein Los beklagen könnte, dem dieses Element der Heiterkeit fehlt, und welches, ohne dieses Element, so schien es ihr, für den Menschen zu trostlos wäre, es zu ertragen.

Es wäre nicht sinnvoll, sich mit diesem Teil der Erzählung länger aufzuhalten. Es genügt, zu sagen, dass das Leben der einsamen Frau mehrere Jahre lang ruhig verlief, in denen sie keine Nachricht von ihrem verschwundenen Mann erhielt und nichts hörte, was auch nur den Hauch eines Lichts auf sein mysteriöses Verschwinden werfen könnte. Der kleine Reginald wuchs schnell heran und blieb der einzige Trost in ihrer großen Trauer – die einsame Freude, die sie mit ihrer Umgebung versöhnte.

VIII. Ein Gast erscheint im Royal Oak

Es ging auf die Mitte des Monats August 1859 zu. Die Ernte entlang der Straße von Millbrook nach Spotswood war in vollem Gange, und es war eine üppige Ernte, selbst für diese begünstigte Region. Squire Harrington rechnete zuversichtlich mit einem Ertrag von fünfzig Scheffel Weizen pro Acre [0,4 Hektar]. Er war zwar ein vorbildlicher Landwirt und wusste, wie man das Beste aus einer guten Saison herausholt, aber auch seine Nachbarn standen ihm in nichts nach und freuten sich auf volle Kornkammern, wenn das Dreschen beendet sein würde.

Ausnahmsweise gab es deshalb wenig oder gar kein Murren über die Gaben der Vorsehung. Das Wetter war so günstig, als hätten die örtlichen Ackerbauern selbst ein Wörtchen mitzureden gehabt, und selbst der schroffe Mark Stolliver musste zugeben, dass es weniger Gründe gab, sich bei dem großen Lenker der Ereignisse zu beschweren, als sonst zu dieser Jahreszeit.

Jedes Weizenfeld in der Gemeinde bot den ganzen Tag über ein aktives Schauspiel. Vom frühen Morgen bis zum Einbruch der Dunkelheit wurde die Sensen eifrig geschwungen, und die Mähschwaden goldenen Getreides waren eine schwere Arbeit für die Harkenden und Bindenden. Die Wirtschaftskrise von 1857 hatte sich in diesem Bezirk wie auch in allen anderen Teilen Oberkanadas bemerkbar gemacht. Viele der Farmer waren erheblich ins Hintertreffen geraten und hatten die harten Zeiten einmal richtig zu spüren bekommen. Doch die ertragreichen Ernten, die jetzt eingebracht wurden, versprachen eine Befreiung von den Verpflichtungen, zu denen sie gezwungen wurden, und es herrschte eine gedämpfte, aber herzliche Zufriedenheit.

Am Samstagabend, dem 13. des Monats, versammelten sich nach einer anstrengenden Arbeitswoche mehrere der in der Gegend lebenden Freibauern im Lapierre's, um sich gegenseitig zu den Aussichten der Ernte zu beglückwünschen und ein paar Krüge des süffigen Bieres zu trinken, für welches das Royal Oak in der ganzen Stadt berühmt war. Der Wirt selbst war wie immer anwesend, um die Gastfreundschaft seines Ausschanks und seiner Speisekammer sicherzustellen.

Die fünf Jahre, die seit jener denkwürdigen Nacht des Verschwindens von Savareen über seinen Kopf hinweggegangen waren, hatten nur geringe Spuren bei seiner fröhlichen Miene hinterlassen. Er war nie in der Lage gewesen, das undurchdringliche Geheimnis jener seltsamen Julinacht zu ergründen, aber er pflegte immer zu bemerken, dass das Geheimnis eines Tages gelüftet werden würde und dass er zuversichtlich war, noch vor seinem Tod etwas über den Vermissten zu erfahren.

Was seine Gäste anbelangte, so hatten sie, obwohl die meisten von ihnen schon zur Zeit seines Verschwindens in der Gegend gewohnt hatten, schon lange aufgehört, sich über diese Angelegenheit besondere Sorgen zu machen. Solange es irgendeine Aussicht zu geben schien, der Sache auf den Grund zu gehen, hatten sie sich energisch an der Suche beteiligt und sich bemüht, das Geheimnis zu lüften; aber als Monat auf Monat folgte, ohne dass sie irgendeinen Hinweis auf eine Lösung des Rätsels erhielten, hatten sie sich allmählich mit der Situation abgefunden, und außer wenn das Thema bei ihren Samstagabendtreffen zur Sprache kam, gaben sie sich größtenteils mit einer nur einer flüchtigen Anspielung darauf zufrieden.

Es war zehn Uhr am Abend, und es schien unwahrscheinlich, dass noch weitere Gäste eintreffen würden. Diejenigen, die sich versammelt hatte, sieben oder acht an der Zahl, saßen an ihren gewohnten Plätzen um einen großen Tisch im Raum hinter der Bar. Lapierre nahm in einem Sessel Platz, der in der Nähe der Verbindungstür zur Bar stand, damit er verfügbar war, falls er dort gebraucht wurde.

Farmer Donaldson hatte die Runde gerade mit seinem Lieblingslied 'The Roast Beef of Old England' erfreut, von dem er sich einbildete, es gut vortragen zu können. Nachdem er seine Darbietung beendet hatte, lehnte er sich bescheiden in seinem Sessel zurück und verbeugte sich unter dem lautstarken Beifall, der ihm zuteilwurde.

Dann wurden die Krüge neu gefüllt, und jeder widmete sich für die nächsten ein oder zwei Minuten dem Stillen seines Durstes. Mein Gastgeber hatte zugesagt, im Laufe des Abends das Lied 'Faintly as Tolls the Evening Chime' [schwach erklingt die Abendglocke, ein kanadisches Schifferlied], erklingen zu lassen, und wurde nun aufgefordert, sein Versprechen einzulösen.

»Ah«, bemerkte er, »das war schon immer ein Lieblingslied von mir. Und wisst ihr nicht mehr, wie oft unser Freund Savareen es gesungen hat? Er hat es früher jeden Samstagabend vor dem Abendessen dargeboten.«

»Die Sache von damals war recht seltsam gewesen«, meinte er. »Ich habe noch nie daran denken können, ohne zu schwitzen.« Mit diesen Worten kramte er in der Tasche seines weißen Leinenjacketts und holte ein rotes Seidentaschentuch hervor, mit dem er sein strahlendes Gesicht abtupfte, bis es wieder glänzte.

»Ja«, antwortete Farmer Donaldson, »das war das Seltsamste, was je in dieser Gegend passiert ist. Ich frage mich, ob es jemals aufgeklärt werden wird.«

»Ihr kennt meine Meinung dazu«, fuhr der Wirt fort, »ich habe immer gesagt, dass er wieder auftauchen würde. Aber es ist – lasst mich nachdenken – ja, es ist mehr als fünf Jahre her. Es war in der Nacht des siebzehnten Juli 1854; und jetzt ist es Mitte August 1859. Ja, ja, wie die Jahre vergehen! Savareen war ein toller Kerl. Ich habe viel von ihm gehalten und würde ihn gerne noch einmal wiedersehen.«

»Ich kann nur sagen, dass er ein guter Kerl war«, bemerkte einer der Anwesenden, »aber ich kann euch auch sagen, dass er ein teuflisches Temperament hatte, wenn er aufbrausend war. Ich erinnere mich an eine Nacht in diesem Raum, als er sich mit Sam Dolsen über seine schwarze Stute unterhalten hat. Er tobte wie ein Tiger, und die Narbe auf seiner Wange glühte wie ein Karfunkel. Es sah so aus, als würde sie gleich aufplatzen. Ich war mir sicher, dass er auf Sam losgehen würde, und das hätte er auch getan, wenn unser Wirt nicht eingegriffen und ihn beruhigt hätte.«

»Ja, ja«, unterbrach Farmer Donaldson; »Savareen hatte zweifellos seine Launen, wenn er mehr getrunken hatte als gewöhnlich; aber er war trotzdem ein lustiger Bursche. Ich wünschte, er wäre in diesem Augenblick bei uns.« Diese Gefühle wurden von der ganzen Festtafel fast durchweg geteilt.

Genau in diesem Moment hörte man von draußen ziemlich schwere Fußtritte, die in den angrenzenden Schankraum hereinkamen. Der Wirt erhob sich und trat durch die Tür hinaus, um zu sehen, ob seine Dienste benötigt werden. Die Verbindungstür hinter sich hatte er offengelassen, sodass die Gäste im Innenraum alles, was geschah, problemlos sehen und hören konnten. In der Mitte des Schankraums stand ein kleiner, schwergewichtiger Mann, dessen Kleidung und Auftreten ihn als Fremden in dieser Gegend auswies. Er war offenbar mittleren Alters – etwa zwischen fünfunddreißig und vierzig. Seine Kleidung war aus teurem Material, aber in einem prononcierten Stil geschnitten, anders als man es damals in Kanada gewohnt war oder es seitdem groß in Mode gekommen wäre.

Sein Hut war ein breitkrempiger, wohl recht teurer Panamahut. Die Jacke – soweit man sie unter dem dünnen Staubmantel sehen konnte – war aus feinem bläulichem Stoff, lang und mit wenig Taille. Trotz des Staubmantels war sie ziemlich dreckig und verstaubt. Die Weste, die aus dem gleichen Material wie die Jacke zu sein schien, war fast offen und zeigte deutlich die Vorderseite seines Hemds. An der linken Seite hing eine schwere goldene Uhrenkette, an der zwei große, bauchige Siegel hingen. An den Füßen trug er ein Paar Gamaschen aus Lackleder, weiß vom Staub der Straße. In der einen Hand trug er einen leichten, flotten Malakka-Stock, in der anderen hielt er eine russische Ledertasche, die er und andere seines Schlags 'Valise' nennen.

Er trug keine Handschuhe, sodass man am Mittelfinger seiner linken Hand einen riesigen Brillantring sehen konnte, der jeden Preis ab tausend Dollar aufwärts wert war. Sein Gesicht war glatt rasiert, abgesehen von einem markanten Schnurrbart. Sein schwarzes, lockiges Haar trug er ziemlich kurz. Seine Augen waren eher stumpf und leer, nicht weil er träge oder dumm war, sondern weil er gegenüber allem Irdischen eine erhabene Gleichgültigkeit empfand – oder meinte, empfinden zu müssen.

Man hätte ihn für einen Mann halten können, der durch alle menschlichen Erfahrungen gegangen ist – einen Mann, für den nichts neu war und der sich für nichts interessierte, was man sagen oder tun könnte. Er schien schon viel umhergezogen zu sein und ein unstetes Leben geführt zu haben. Alles in allem hatte er jenes fremde oder eher kosmopolitische Aussehen, das für einen Bürger der Vereinigten Staaten charakteristisch ist.

Als er zu sprechen begann, wurde dies durch seinen Akzent voll bestätigt.

»Sind Sie der Hausherr?«, fragte er, als der Gastgeber zur Begrüßung vortrat.

Er erhielt eine bejahende Antwort.

»Dies ist also die Taverne Royal Oak, und Ihr Name ist Lapierre?«

Mit zweimal Nicken bestätigte der Wirt diese unbestreitbaren Aussagen.

»Haben Sie ein Zimmer frei und können Sie mich von jetzt an bis Montagmorgen unterbringen?«

Der Wirt signalisierte erneut sein Einverständnis, woraufhin der Fremde seinen Stock und seine Reisetasche auf einer Bank abstellte und sich seines Mantels entledigte.

»Haben Sie schon zu Abend gegessen?«, fragte Lapierre.

»Nun, ich hatte einen kleinen Tee unten in Millbrook, aber ich kenne Ihre Samstagabendgewohnheiten im Royal Oak, und wenn Sie nichts dagegen haben, würde ich gerne bei Ihrem Elf-Uhr-Abendessen dabei sein. Um die Wahrheit zu sagen, bin ich scharf darauf, und ich weiß, dass man hier um diese Zeit immer etwas Appetitliches zu sich nimmt.«

Nachdem ihm mitgeteilt worden war, dass das Abendessen zur üblichen Stunde fertig sein würde und dass er gerne an der Tafel Platz nehmen könne, äußerte er den

Wunsch, in sein Zimmer geführt zu werden, damit er sich waschen und zurechtmachen könne.

Auf die Frage nach seinem Pferd teilte er mit, dass er auf Schusters Rappen gekommen sei. Er war mit Squire Harrington aus der Stadt heraufgefahren und am Tor zum Anwesen dieses Herrn abgestiegen. »Der Squire bot mir an, mich bis hierher zu bringen«, fügte er hinzu, »aber da es nur ein kurzer Weg ist, dachte ich, ich gehe zu Fuß weiter.«

Ohne weitere Unterredung wurde der Gast in sein Gemach geführt, aus dem er einige Minuten später wieder hervortrat und sich der Gesellschaft vorstellte, die sich im Raum hinter der Bar versammelt hatte.

»Ich hoffe, ich störe nicht, meine Herren«, bemerkte er, als er einen freien Platz am unteren Ende des Tisches einnahm. »Ich habe schon oft die Kunde von den schönen Abenden hier vernommen, die Sie hier am Samstagabend verbringen. Ich habe davon gehört, als ich viele Hundert Meilen von hier entfernt war und nicht damit gerechnet habe, jemals das Vergnügen zu haben, an eurem Mahl teilzunehmen.«

»Ich denke, ich sollte mich besser vorstellen«, sagte er dann. »Mein Name ist Thomas Jefferson Haskins. Ich lebe in Nashville, Tennessee, wo ich ein Hotel führe und ab und zu ein bisschen mit Pferden handle. Ich würde es als einen Gefallen betrachten, wenn Sie dem Wirt erlauben würden, ihre Gläser auf meine Kosten nachzufüllen, und dann auf meine Entdeckungsreise anstoßen«, sagte er mit viel Schwung und ohne eine Spur von Schüchternheit. Die Anwesenden gaben ihre herzliche Zustimmung, und während der Wirt die Krüge wieder auffüllte, fuhr der

171

Fremde fort, sie über seine persönlichen Angelegenheiten aufzuklären. Er teilte ihnen mit, dass sich vor etwa sechs Monaten ein Mann aus Nashville abgesetzt und ihn mit seinen Schulden bei ihm über zweitausendsiebenhundert Dollar hat sitzen lassen. Vor einigen Tagen habe er erfahren, dass der Flüchtige sich in Spotswood in Oberkanada einquartiert habe und der sich diesen Platz ausgesucht hatte, mit der Absicht, sich dort niederzulassen.

Er hatte Millbrook heute Abend mit dem Sieben-Uhr-Express erreicht und musste feststellen, dass er noch fünfzehn Meilen von seinem Ziel entfernt war. Auf Nachfrage erfuhr er, dass die Kutsche von Millbrook nach Spotswood nur einmal am Tag fuhr und Millbrook um sieben Uhr morgens verlässt. Die nächste Kutsche würde erst am Montagmorgen kommen. Er wäre kurz davor gewesen, ein besonderes Transportmittel zu mieten und in dieser Nacht durchzufahren, als ihm plötzlich einfiel, dass Lapierres Taverne an der Straße von Millbrook nach Spotswood lag und nur drei Meilen entfernt war. Er hatte schon vor langer Zeit so viele Berichte über das Royal Oak und seinen Wirt gehört, insbesondere über die Abendessen am Samstagabend, dass er sich entschlossen hatte, dorthin zu gehen und bis zur Etappe am Montag zu bleiben.

»Ich wollte eine Kutsche mieten, die mich hierher bringt«, fügte er hinzu, »aber ein Herr namens Squire Harrington, der gehört hatte, wie ich den Auftrag für den Wagen geben wollte, sagte mir, dass er in der Nähe des Royal Oak wohne und dass ich gerne mit ihm fahren könne, da er gerade nach Hause fahren wolle. So habe ich ein paar Dollar gespart. Und hier bin ich also.«

Lapierre fühlte sich durch die Art und Weise, wie der Fremde auf sein Etablissement hinwies, sehr geschmeichelt, konnte aber nicht verstehen, wie der Ruhm des Royal Oak und vor allem das Samstagabend-Essen bis in eine so große Entfernung wie Nashville gelangt war. Auf seine diesbezüglichen Nachfragen hin gab Thomas Jefferson Haskins jedoch eine klare und deutliche Erklärung, die im nächsten Kapitel zu finden ist.

IX. Der Gast sorgt für Aufregung im Royal Oak

»Nun«, sagte Haskins, »er war nicht so weit weg wie Nashville, als ich vom Royal Oak gehört habe. Ich war letztes Jahr in Kentucky unterwegs, um Pferde zu kaufen. In Lexington lernte ich einen Engländer namens Randall kennen, der hier in der Gegend wohnte. Ich beauftragte ihn, Pferde für mich zu kaufen. Er war etwa drei Monate bei mir, und wenn ich ihn nur hätte nüchtern halten können, wäre er noch bei mir geblieben, denn er war der beste Pferdekenner, der mir je begegnet ist, und er wusste sehr gut, wie man ein Geschäft macht.«

»Wir waren noch keine Woche zusammen, als er anfing, mir von einem Ort zu erzählen, in dem er in Westkanada lebte, und wo man mit wenig Geld viel erreichen und gute Pferde günstig kaufen könne. Er wollte, dass ich ihn dorthin schicken würde, um für mich zu einzukaufen, und ich weiß nicht, ob ich das nicht getan hätte, wenn ich ihn für vertrauenswürdig gehalten hätte. Aber er trank wie die ganze Schöpfung, wenn er Geld hatte.«

173

»Der alte Bourbon war etwas, dem er nicht widerstehen konnte. Er hatte eine furchtbar schlechte Meinung von allen anderen unserer amerikanischen Errungenschaften und sagte immer, sie seien nichts im Vergleich zu dem, was er zu Hause in England hatte. Wenn es aber es um Bourbon-Whisky ging, war er so vollmundig wie Onkel Henry Clay* selbst.«

[* Henry Clay, amerikanischer Politiker und großer Redner]

»Er war der Meinung, dass es weder in England noch in Kanada etwas gab, das diesem Getränk das Wasser reichen konnte. Und wenn er vier oder fünf Zoll aus dem Glas davon in sich hatte, war er nicht mehr zu bremsen. Es gab nichts, was er nicht getan hätte, um ein paar Tropfen mehr zu bekommen, und wenn er sie hatte, war er das schrecklichste Stück Vieh, das ich je gesehen habe.«

»Auf ihn kann man sich nicht mehr verlassen als auf einen freigelassenen Neger. Außerdem hat er seine Frau vernachlässigt, und ein Mann, der seine Frau vernachlässigt, ist kein Mann, dem man ein paar Tausend Dollar anvertrauen kann. Nein, Sir, nein! Er hat nicht viel getaugt.«

»Aber, wie ich schon sagte, die Art, wie er Lapierres Haus in den Himmel gehoben hat, erregte meine Aufmerksamkeit. Immer, wenn wir uns in einer unserer Straßenkneipen niedergelassen hatten, machte er sein Lästermaul so weit auf, bis man ihm durch den Rachen in den Magen sehen konnte. Tatsache ist aber, dass unsere Landgasthöfe nicht viel zu bieten haben, und manchmal konnte ich sie selbst kaum ertragen.«

»Wenn wir nach einem anstrengenden Tagesritt hereingekommen waren und uns an dickem Mürbeteig und fettem Schweinefleisch satt gegessen hatten, fing Randall an, über das Essen hier bei Lapierre zu schwärmen. Er erzählte von den warmen Mahlzeiten, die hier samstagabends einer Schar von Bauern serviert wurden, bis ich es satthatte, ihn zu hören. Aber wie ich sehe, sind Ihre Becher wieder leer, meine Herren. Herr Wirt, bitte erfüllen Sie ihre Pflicht und stellen Sie es mir in Rechnung.«

Während dieser langen Rede blickten die versammelten Gäste abwechselnd den Redner und dann sich gegenseitig mit fragenden, aber leeren Blicken an. Sie rätselten, wer dieser Randall sein könnte, denn ein Mann dieses Namens war in der Gemeinde noch nie bekannt gewesen.

Als Mr. Haskins seine Rede unterbrach und Nachschub anforderte, wollte Farmer Donaldson gerade gegen diese zweite Bewirtung auf Kosten eines Fremden protestieren und vorschlagen, dass er selbst die nächsten Getränke Erfrischungen übernehmen würde.

Doch bevor er ein Wort herausbringen konnte, sprang der Wirt plötzlich mit weißem, aufgewühltem Gesicht von seinem Platz auf: »Sagen Sie«, wandte er sich an den Fremden, »wie sieht er aus, dieser Randall? Bitte schildern Sie sein Aussehen.«

»Nun«, sagte der Angesprochene nach einer kurzen Pause, »es gibt nicht viel über ihn zu sagen. Er ist ein ziemlich großer Kerl – gut vier Zoll größer als ich. Er ist breit und stämmig – ein großer Mann von Natur aus. Er wiegt nicht viel weniger als hundertneunzig, würde ich sagen. Er hat eine ziemlich helle Haut und einen langen Schnitt im Gesicht, der furchtbar weiß wird, wenn er sich aufregt. Donnerwetter! Er hat mich eines Abends, als er betrunken war, mit dieser Wunde fast erschreckt. Sie schien sich zu öffnen und zu schließen wie eine Muschelschale und ließ ihn wie einen Voodoo-Priester aussehen! Man könnte meinen, das Blut spritzt zum Hof hinaus.«

In diesem Moment starrten alle Augenpaare im Raum mit einem Ausdruck fassungslosen Erstaunens in das Gesicht des Redners. Keiner der Anwesenden hätte der in der Beschreibung etwas anderes gesehen als ein lebendiges, wenn auch etwas übertriebenes Porträt des lange verschollenen Reginald Bourchier Savareen. Der Fremde aus Tennessee erkannte sofort, dass er eine wahre Aufregung ausgelöst hatte. Er blickte eine ganze Minute lang von einem zum anderen, ohne zu sprechen. Dann machte er seinen aufgestauten Gefühlen mit dem Ausruf Luft: »Um Gottes willen, was ist denn los?«

Die komplette versammelte Gruppe war immer noch sprachlos und fassungslos. Sie saßen stumm wie Statuen, bewegungslos und fast ohne Atem. Lapierre war der Erste, der sich erholte. Mit einer bedeutungsvollen Geste zwang er die Anwesenden zum Schweigen und begann, Fragen zu stellen. Es gelang ihm, einige weitere sachdienliche Informationen zu erlangen.

Haskins konnte nicht sagen, wann Randall sich mit den Gepflogenheiten der Menschen in der Umgebung des Royal Oak vertraut gemacht hatte, aber es muss schon einige Zeit her sein, da er lange genug in den Staaten gelebt hatte, um verschiedene Orte dort kennenzulernen.

Auch darüber, wann und warum er Kanada verlassen hatte, wusste der Fremde nichts. Er wusste jedoch, dass Randall vor etwa drei Monaten in New York gelebt hatte, da er ihn dort gesehen und ihn im Mai in seiner Wohnung in der Amity Street besucht hatte, als er (Haskins) als Delegierter an einem Sportkongress teilgenommen hatte. Damals war Randall in irgendeiner Funktion in Hitchcocks Verkaufsstall beschäftigt gewesen und hatte sich ab und zu mit der Zucht von Hunden ein paar Dollar verdient.

Er lebte arm und von der Hand in den Mund, und seine arme Frau hatte es schwer. Seine Trinkgewohnheiten hinderten ihn daran, in der Welt voranzukommen, und er blieb nie lange an einem Ort, aber der Redner zweifelte nicht daran, dass jeder, der ihn ausfindig machen wollte, bei Hitchcocks Stall etwas über ihn hören konnte. »Aber«, fügte Mr. Haskins hinzu, »ich hoffe, ich habe ihn nicht in Schwierigkeiten gebracht, indem ich heute Abend hierhergekommen bin. Hat er etwas angestellt? Irgendetwas Kriminelles, meine ich?«

Nach einer kurzen Bedenkzeit erzählte Lapierre die ganze Geschichte. Keiner der Anwesenden zweifelte daran, dass Randall und Savareen 'Teile eines gewaltigen Ganzen' waren. Die einzige wichtige Frage, die es zu klären galt, war: Was sollte man mit den Fakten anfangen, die auf diese Weise ans Licht kamen?

Inzwischen war das Abendessen angekündigt worden, und die aufregenden Neuigkeiten des Fremden hinderten die Gäste nicht daran, es anschließend ausgiebig zu genießen.

Haskins lobte lautstark den 'Umfang' der Speisen, wie er es nannte. »Jack Randall«, bemerkte er, »hätte lügen können, wenn er Lust dazu gehabt hätte, aber er hatte die 'heilige Wahrheit' gesagt, als er damit prahlte, dass ihr den Köchen aus Kentucky weit voraus seid.«

»Ja, es macht mir nichts aus, wenn ich noch ein wenig von diesem Hühnerfrikassee nehme«, fuhr er fort. »Ich bin sicher, dass es besser ist als das von der amerikanischen Riesentafelente.«

Bevor das Treffen beendet wurde, waren sich alle einig, dass es für die Gäste ratsam wäre, den morgigen Tag verstreichen zu lassen, bevor sie ihren Frauen oder anderen Personen etwas über die Enthüllungen von Mr. Haskins erzählten. Es wurde ferner beschlossen, dass dieser Gast den Wirt Lapierre am Morgen nach dem Frühstück nach Millbrook begleiten sollte und dass Mrs. Savareens Vater mit den bekannten Tatsachen vertraut gemacht werden sollte.

Es war ja durchaus möglich, dass dieser Jack Randall, Jack Randall war und nicht Savareen, und in diesem Fall wollte man der Frau des Verschollenen grausame Aufregungen ersparen, die keinem Zweck gedient hätten.

Nachdem ihr Vater alles erfahren hatte, was sie wussten, war es an ihm, ihr die Tatsachen mitzuteilen oder sie ihr vorzuenthalten, wie es ihm am besten erschien. Mit dieser Übereinkunft löste sich die Gesellschaft um Mitternacht auf. Ich bin keineswegs bereit, zu behaupten, dass ihre Versprechen in allen Fällen eingehalten wurden und dass sie alle schlafen gegangen waren, ohne ihre Frauen über die seltsamen Enthüllungen der Nacht ins Vertrauen zu ziehen.

X. Amity Street Nr. 77

Der nächste Tag war ein Sonntag, aber dieser Umstand hielt Lapierre nicht davon ab, sein Pferd anzuspannen und seinen Gast zu früher Stunde nach Millbrook zu bringen. Die beiden kamen vor zehn Uhr am Haus von Mrs. Savareens Vater an und führten ein langes Gespräch mit ihm. Der Gottesdienst begann um elf Uhr, aber die methodistische Gemeinde musste festellen, dass sowohl Mrs. Savareen als auch ihr Vater an diesem Tag abwesend waren, was sie als sehr ungewöhnlich empfanden.

Der alte Herr war sehr beunruhigt über das, was er von Mr. Haskins hörte. Seine Tochter hatte einen schweren Leidensweg hinter sich und hatte sich schließlich mit ihrem Schicksal versöhnt. Ihr diese Nachricht mitzuteilen, würde die alten Wunden wieder aufreißen und den häuslichen Kummer zurückbringen, den die Zeit schon fast vertrieben hatte. Doch sein Weg schien klar zu sein. Ihr die Wahrheit zu sagen, war eine unbedingte Pflicht.

Es wäre beschämend, sie weiter um einen in jeder Hinsicht unwürdigen Menschen trauern zu lassen, der im nächsten Moment auftauchen und ihren Seelenfrieden zerstören könnte. Außerdem war das Geheimnis bereits zu vielen Personen bekannt, als dass man hoffen konnte, dass es für immer bewahrt werden würde.

Sie musste es erfahren, und es stand außer Frage, dass ihr Vater die richtige Person war, um es ihr zu sagen. Sie würde jedoch den Mann, der ihr die Nachricht überbracht hatte, persönlich sehen und sich mit ihm unterhalten wollen, sodass keine Zeit mehr zu verlieren war.

Der alte Mann ließ seine beiden Besucher zurück, die auf seine Rückkehr warten sollten, und machte sich mit traurigem Herzen auf den Weg zum Haus seiner Tochter.

Er fand sie und ihren kleinen Jungen gerade auf dem Weg zur Kirche, aber der erste Blick in das Gesicht ihres Vaters verriet ihr, dass etwas geschehen war und dass es an diesem Tag keinen Kirchgang geben würde.

Bleich und zitternd saß sie da, während sie zuhörte, und der alte Mann selbst war auch nicht viel ruhiger. Er teilte ihr die Nachricht so behutsam wie möglich mit, und sie ertrug es besser, als er erwartet hatte. Sie unterdrückte ihre Aufregung und nahm alle Einzelheiten ohne Unterbrechung auf.

Selbst als ihr alle Umstände vor Augen geführt wurden, ließ sie ihre Selbstbeherrschung nicht im Stich. Ja, sie muss den Fremden aus Tennessee sehen. Möglicherweise konnte sie ihm etwas entlocken, was andere nicht geschafft hatten.

Ihr Vater kehrte daraufhin in sein eigenes Haus zurück und holte Mr. Haskins herbei. Die drei unterhielten sich mehrere Stunden lang über die Angelegenheit, aber der Fremde hatte nichts mehr zu erzählen und verabschiedete sich schließlich mit dem Versprechen, auf dem Rückweg von Spotswood vorbeizukommen.

Vater und Tochter verbrachten den Abend gemeinsam und versuchten, zu einem eindeutigen Schluss zu kommen, was, wenn überhaupt, getan werden sollte. Es konnte kein vernünftiger Zweifel daran bestehen, dass Randall und Savareen ein und dieselbe Person waren.

Da es für sie aber immer noch den Schatten eines Zweifels gab und keine absolute Gewissheit, war es für Mrs. Savareen unmöglich, die Angelegenheit auf sich beruhen zu lassen. Sie spürte, dass sie die ganze Wahrheit wissen musste.

Schließlich wurde ein Entschluss gefasst. Vater und Tochter würden unverzüglich nach New York aufbrechen und der Sache auf den Grund gehen. Die Nachricht konnte der Stiefmutter nicht ganz vorenthalten werden, aber sie wurde angewiesen, solange Stillschweigen zu bewahren, bis mehr Licht in die Angelegenheit gebracht würde. Der Sohn, Master Reginald, wurde vorübergehend in ihrer Obhut belassen.

Am Montag fuhren sie mit dem Mittagsexpress nach New York und erreichten ihr Ziel am Dienstagnachmittag. Sie quartierten sich in einem ruhigen, respektablen Hotel ein, und dann machte sich der alte Mann allein auf die Suche nach Hitchcocks Stall.

Er hatte keine Schwierigkeiten, ihn zu finden und der Mann, der das Büro leitete, gab ihm bereitwillig die gewünschten Informationen.

Jack Randall war nicht mehr in dem Betrieb beschäftigt, sondern wohnte mit seiner Frau in der Amity Street Nr. 77. Die beste Zeit, ihn zu Hause anzutreffen, war früh am Morgen. Er war ein geselliger Mensch und verbrachte seine Abende gewöhnlich in der Stadt. Man nahm an, dass er finanziell ziemlich am Ende war, aber das war sein chronischer Zustand, doch soweit bekannt, war er nicht völlig mittellos. Mit dieser Nachricht kehrte der Vater zu seiner Tochter zurück.

Mrs. Savareen konnte den Gedanken nicht ertragen, den Abend nutzlos verstreichen zu lassen. Deshalb beschloss sie, persönlich in der Amity Street 77 vorbeizuschauen und, wenn möglich, die Frau des Mannes selbst zu sehen.

Ein Dienstmädchen des Hotels erklärte sich bereit, sie zu ihrem Ziel zu lotsen, das nur eine kurze Strecke entfernt war. Es war etwa acht Uhr, als sie sich auf den Weg machte, und das Licht des Tages verschwand schnell. Als sie die Ecke Amity Street und Broadway erreichte, entließ sie ihre Begleiterin und legte den Rest des Weges allein zurück. Die Nummern an den Türen der Häuser waren für sie ein ausreichender Wegweiser, und bald fand sie sich an der Klingel der Nummer 77 wieder.

Ihr Ruf wurde von einem schäbig aussehenden Portier beantwortet. Ja, Mrs. Randall war oben in ihrem Zimmer im dritten Stock, aber Mr. Randall sei nicht da. Die Lady könnte den Weg leicht selbst finden. Zweite Tür links im dritten Stockwerk, gerade nach oben.

Mit diesen Worten verschwand der Mann in der Dunkelheit auf der Rückseite des Hauses und überließ es der Besucherin, sich den Weg, so gut sie konnte, durch zwei schwach beleuchtete Treppenhäuser zu bahnen.

Offensichtlich handelte es sich um eine sehr minderwertige Herberge, die so nahe an den palastartigen Tempeln der großen Firmen um die Ecke lag. Die Flure waren ohne Teppichboden und ohne das geringste Anzeichen von Möbeln jeglicher Art.

Als Mrs. Savareen langsam eine Treppe nach der anderen hinaufstieg, begann sie sich zu fragen, ob es nicht unklug war, sich allein in ein Haus und an einen Ort zu wagen, von dem sie nichts wusste.

Als sie das dritte Stockwerk erreicht hatte, befand sie sich in völliger Dunkelheit, abgesehen von dem schwachen Dämmerlicht, das durch ein hinteres Fenster einfiel. Dies reichte jedoch gerade aus, um die zweite Tür auf der linken Seite zu erkennen. Sie ging auf sie zu und klopfte an. Eine weibliche Stimme forderte sie auf, einzutreten. Leise drehte sie den Türknauf und betrat den Raum.

XI. Ein Gespräch bei Kerzenlicht

Die Wohnung, in der sich die 'kühne Entdeckerin in einem unbekannten Meer' jetzt befand, machte alles andere als einen freundlichen oder attraktiven Eindruck. Sie war klein, aber dennoch zu groß für die spärlichen Möbel, die sie enthielt. Die nicht tapezierten Wände zeigten eine eintönige Oberfläche aus kahlem Kalkanstrich, der dringend einer Erneuerung bedurfte.

In einer Ecke stand ein ärmlich aussehendes Bett, in dem ein wenige Monate alter Säugling lag. Am Fußende des Bettes befand sich ein billiger Waschtisch mit dem entsprechenden Zubehör. In der angrenzenden Ecke war eine Tür, die offenbar in einen Schrank oder eine dahinterliegende Nische führte, vor dem ein abgenutzter Lederkoffer mit einem zerbrochenen Verschluss stand.

Ein kleiner Tisch aus gebeiztem Kiefernholz ohne jegliche Verzierung stand in der Mitte des Raumes, und zwei oder drei gewöhnliche Holzstühle standen hier und da an den Wänden verteilt. Das schwache Licht des zu Ende gehenden Tages drang durch ein Fenster, das auf die Dächer auf der Rückseite des Hauses hinausging. Das einzige künstliche Licht bestand aus einer einsamen Kerze auf dem Tisch, an dessen Ende eine Frau saß, die mit einer Näharbeit beschäftigt war.

Das Licht, so schwach und wirkungslos es auch sein mochte, zeigte, dass sich diese Frau in einem Gesundheitszustand befand, den ihre Freunde, falls sie welche hatte, für alles andere als zufriedenstellend hätten halten müssen.

Es war leicht zu erkennen, dass sie einst ein attraktives und recht hübsches Gesicht besessen hatte. Ein Teil ihrer Attraktivität war noch vorhanden, aber die Schönheit war durch Entbehrung und Elend weggewaschen worden, sodass nur noch eine schwache Kopie ihres früheren Selbst übrig geblieben war.

Sie war dünn und zerbrechlich bis hin zur Auszehrung, und ihr bedrucktes Kleid hing so lose an ihr, wie ein Morgenmantel. Ihre Wangen waren eingefallen und hohl, und zwei dunkle Flecken unter einem Paar großer blauer Augen deuteten eindeutig auf eine ernsthafte nervliche Erschöpfung hin. Zusätzlich zu diesen offensichtlichen Anzeichen eines schlechten Gesundheitszustands hatten ihre verkniffenen Gesichtszüge einen abgenutzten, müden Ausdruck, der eine traurige Geschichte von langem und andauerndem Leiden erzählte.

Das meiste davon erfasste die Besucherin mit ihrer weiblichen Auffassungsgabe auf den ersten Blick, und jedes vorgefasste Gefühl der Feindseligkeit, das in ihrem Herzen einen Platz gehabt haben mochte, wich einem Gefühl weiblicher Sympathie. Es ist klar, dass jeder Anflug von Eifersucht in einer solchen Situation völlig unangebracht wäre.

Mrs. Savareen hatte sich im Vorfeld keine großen Gedanken über ihre Vorgehensweise bei dem bevorstehenden Gespräch gemacht. Sie hatte sich lediglich entschlossen, sich von den Umständen leiten zu lassen, und das, was sie vor sich sah, machte ihre Aufgabe zu einer ziemlich schwierigen. Ihr Hauptziel war es natürlich, zweifelsfrei festzustellen, ob der Mann, der sich Jack Randall nannte, auch der Mann war, den sie als Reginald Bourchier Savareen kannte.

Die Bewohnerin des Zimmers erhob sich, als ihre Besucherin eintrat, und selbst diese leichte Anstrengung brachte ein hohles Husten hervor, das mitleiderregend war.

»Es tut mir leid, zu sehen«, bemerkte die Besucherin sanft, »dass es Ihnen nicht gut geht.«

»Ja«, war die Antwort, »ich bin erkältet und nicht sehr gut angezogen. Nehmen Sie sich einen Stuhl.«

Mit diesen Worten stellte sie einen Stuhl auf und machte, nicht ohne eine gewisse Anmut, mit der Hand eine Bewegung in dessen Richtung.

Mrs. Savareen setzte sich und begann zu überlegen, was sie als Nächstes sagen würde, doch ihre Gastgeberin bewahrte sie davor, lange darüber nachzudenken, indem sie sich erkundigte, ob sie gekommen war, um Mr. Randall zu besuchen.

»Ja«, antwortete Mrs. Savareen, »ich würde ihn gerne kurz sehen, wenn es Ihnen passt.«

»Nun, es tut mir leid, dass er nicht da ist«, sagte die Frau, »und ich nehme an, dass er eine Zeit lang nicht kommen wird. Normalerweise ist er am frühen Abend unterwegs, aber morgens ist er fast immer zu Hause. Kann ich ihm etwas ausrichten?«

Hier kam Mrs. Savareen in eine schwierige Lage. Wäre sie redegewandter gewesen, wäre ihr die passende Antwort auf eine solche Frage und unter diesen Umständen zweifellos über die Lippen gekommen. Nach einem kurzen Zögern entschied sie sich, selbst eine Frage zu stellen.

»Wissen Sie, ob er in letzter Zeit von seinen Freunden in Hertfordshire gehört hat?«

»Hertfordshire? Oh, das ist der Ort, aus dem er kommt, im alten Land. Nein, er hört nie etwas von dort. Ich habe ihn oft gebeten, seinen Freunden in England zu schreiben, aber er sagt, er sei schon so lange weg, dass sie ihn wohl schon ganz vergessen hätten.«

Hier wurde die Rednerin von einem weiteren Hustenanfall unterbrochen.

»Nein«, fuhr sie dann fort, »er hat nicht ein einziges Mal nach England geschrieben, um seinen Freunden zu sagen, dass wir verheiratet sind. Er war noch ein Junge, als er seine Heimat verließ, und er war viele Jahre in Kanada, bevor er in die Staaten kam.«

In diesem Augenblick schien es Mrs. Randall aufzufallen, dass sie mit einer ihr unbekannten Person ziemlich freimütig über ihren Mann sprach, und sie richtete sich mit einer kurzen Drehung auf und schaute ihrer Besucherin einen Moment lang aufmerksam ins Gesicht, als ob sie innerlich spürte, dass etwas nicht stimmte.

»Aber«, fuhr sie nach einer kurzen Pause fort, »kennen Sie meinen Mann? Ich kann mich nicht erinnern, Sie schon einmal gesehen zu haben. Sie leben nicht in New York – das kann ich sehen. Ich nehme an, Sie kommen aus dem Westen.«

Nun spürte Mrs. Savareen, dass eine Erklärung nötig war, und packte das Tier an der äußersten Spitze seiner Hörner.

»Ja«, antwortete sie, »ich lebe im Westen, und ich bin erst seit Kurzem in New York. Ich habe zufällig gehört, dass Mr. Randall hier lebt, und ich möchte herausfinden, ob er derselbe Herr ist, den ich einst in Kanada kannte. Wenn dem so ist, gibt es etwas Wichtiges, das ich ihm gerne sagen würde.«

»Würden Sie so freundlich sein, mir sein Aussehen zu beschreiben?«, fragte sie dann.

Die Frau musterte sie wieder sehr genau, mit Augen, die jetzt nicht ganz frei von Misstrauen waren.

»Ich verstehe nicht ganz«, sagte sie. »Sie wollen ihm doch nichts Böses tun, oder? Sie haben doch nichts gegen ihn? Wir haben so schon genug Ärger.«

Die letzten Worte erklangen in einem Ton, der einem verzweifelten Wehklagen ähnelte. Zu diesem Zeitpunkt war das Mitgefühl der Besucherin für das arme, gebrochene Geschöpf, das vor ihr stand, schon sehr geweckt. Sie fühlte, dass sie es nicht übers Herz brachte, der gebrechlichen Frau, die sie mit besorgtem Blick auf ihrem müden, ängstlichen Gesicht ansah, noch mehr Kummer aufzubürden.

»Ich kann Ihnen versichern«, antwortete Mrs. Savareen, »dass ich nicht die Absicht habe, ihm oder Ihnen etwas anzutun. Ich würde Ihnen viel lieber einen Gefallen tun, wenn ich könnte. Ich kann mit eigenen Augen sehen, dass Sie Freundlichkeit sehr nötig haben.«

Die letzten Worte waren in einem Tonfall gesprochen worden, der das Misstrauen entwaffnete und gleichzeitig die Neugierde weckte. Der Schatten auf Mrs. Randalls Gesicht verschwand.

»Nun«, sagte sie, »ich bitte um Verzeihung, dass ich Ihnen misstraue, aber mein Mann hat mir nie viel über sein früheres Leben erzählt, und ich hatte Angst, Sie könnten ein Feind sein. Aber jetzt, wo ich Sie ansehe, bin ich sicher, dass Sie niemandem etwas zuleide tun würden. Ich werde Ihnen alles sagen, was Sie wissen wollen, wenn ich kann.«

»Ich danke Ihnen für Ihre gute Meinung. Wären Sie dann so freundlich, mir Mr. Randalls Aussehen zu beschreiben? Ich habe kein anderes Ziel, als herauszufinden, ob er die Person ist, die ich früher in Kanada kannte.«

»Wie lange ist es her, dass Sie ihn in Kanada kennengelernt haben?«, fragte die Frau.

»Ich habe ihn zuletzt im Sommer 1854 gesehen – vor etwa fünf Jahren«, war die Antwort.

»Nun, ich kenne ihn schon fast so lange wie Sie«, antwortete Mrs. Randall. »Es ist mehr als vier Jahre her, dass ich ihn unten in 'Ole Virginny' [das alte Virginia], wo ich aufgewachsen bin, kennengelernt habe. Ach, da fällt mir ein, dass ich ein Foto von ihm habe, das kurz vor unserer Hochzeit aufgenommen worden ist. Das wird Ihnen zeigen, ob er der Mann ist, den Sie kannten.«

Während sie sprach, stand sie auf und öffnete den Lederkoffer in der Ecke neben der Schranktür. Nachdem sie den Inhalt durchwühlt hatte, kam sie mit einer kleinen ovalen Daguerreotypie in der Hand zurück. Sie öffnete das Etui und reichte es Frau Savareen.

»Da ist er«, bemerkte sie, »und man hält es für ein sehr gutes Abbild.«

Mrs. Savareen nahm die Daguerreotypie und trat näher an die Kerze heran. Der erste Blick reichte völlig aus. Es war das Bildnis ihres Mannes.

Auf der Stelle entschied sie sich über ihr weiteres Vorgehen. Ihre Liebe zu dem Vater ihres Kindes erlosch, als sie sein Bild betrachtete. Es wurde ihr klar, dass er ein herzloser Schurke war, nicht würdig der Achtung einer Frau. Bevor sie ihren Blick von der Daguerreotypie abwandte, war ihre Liebe zu ihm tot und begraben, ohne dass sie wieder aufleben konnte.

Was würde es ihr nützen, das Herz der unglücklichen Frau, in deren Gegenwart sie sich befand, noch weiter zu verletzen? Warum sollte sie sie umbringen, indem sie die Wahrheit enthüllte? Zwischen ihr und dem Grab lag nur ein Schritt – und offensichtlich war es nur ein kurzer Schritt. Der Abstand sollte nicht durch irgendeine Handlung der rechtmäßigen Ehefrau verkürzt werden.

Sie reichte die Daguerreotypie leise an die Frau zurück, die wir weiterhin Mrs. Randall nennen werden. »Wie ich sehe, liegt hier ein Missverständnis vor«, sagte sie. »Das ist nicht der Mr. Randall, den ich in Kanada kannte.«

Mit ihrer Rücksichtnahme auf die kranke und gebrochene Frau vermittelte sie absichtlich einen falschen Eindruck, obwohl sie nichts weiter als die einfache Wahrheit gesagt hatte. Es hatte in der Tat ein 'Missverständnis' gegeben. Die Art von Mr. Savareens war sicher nicht die von Mr. Randall.

In der Tat hatte Mrs. Savareen Millbrook einen Mr. Randall in Millbrook gekannt, der aber absolut keine Ähnlichkeit mit ihrem Mann hatte. Sie sprach also die reine Wahrheit, während sie gleichzeitig ihre Gastgeberin zu deren eigenem Wohl täuschte. Das Unglück lastete schon schwer genug auf ihr.

Sie wollte jetzt nur noch das Haus zu verlassen, bevor der Mann zurückkehrte, der so schändlich zwei unschuldige Leben zerstört hatte. Aber in ihrem Herzen war ein warmes Mitgefühl für die betrogene und freundlose Frau aufgestiegen, und sie sehnte sich danach, ein praktisches Zeichen ihres Mitgefühls zu hinterlassen.

Während sie diesen Überlegungen nachhing, erwachte der Säugling auf dem Bett und stieß einen erschrockenen kleinen Schrei aus. Seine Mutter ging zu ihm hin, nahm ihn in die Arme, setzte sich auf die Bettkante und beruhigte sein verzweifeltes Wimmern mit den Mitteln, die Müttern seit jeher bekannt sind. Als es ruhiger wurde, legte sie es ins Bett und nahm ihren Platz am Tisch wieder ein.

Frau Savareen blieb stehen. »Es tut mir leid, dass ich Sie unnötig gestört habe«, sagte sie, »und ich werde mich jetzt verabschieden. Gibt es etwas, was ich für Sie tun kann? Ich würde mich freuen, wenn ich Ihnen irgendwie behilflich sein könnte. Ich fürchte, es geht Ihnen nicht sehr gut, und Sie sind alles andere als gesund. Es ist nicht nett von Mr. Randall, Sie so allein zu lassen. Sie brauchen Ruhe und ärztlichen Rat.«

Das waren wahrscheinlich die ersten mitfühlenden Worte, die Mrs. Randall seit Langem von einer Angehörigen ihres Geschlechts zu hören bekam. Die Tränen stiegen ihr in die müden Augen, als sie antwortete:

»Ich schätze, diesseits des Grabes gibt es keine Ruhe für mich. Ich habe kein Geld für ärztliche Hilfe, und ich glaube auch nicht, dass ein Arzt mir helfen kann. Ich bin ziemlich erschöpft und das Baby auch. Man hat mir gesagt, dass es nicht mehr lange leben kann, und wenn es nur vor mir gehen wird, wäre es mir egal, wie schnell meine eigene Zeit kommt. Sie haben recht, dass wir sehr schlecht dran sind. Aber seien Sie nicht zu hart zu meinem Mann. Er hat seine eigenen Probleme, genau wie ich. Er hatte in letzter Zeit kein Geld, und es scheint, als könnte er auch keines auftreiben.«

»Aber er könnte doch zu Hause bleiben und Ihnen nachts Gesellschaft leisten, wenn Sie so krank sind. Es muss sehr einsam für Sie sein.«

»Nun, sehen Sie, ich bin keine gute Gesellschaft für ihn. Er ist anders aufgewachsen als ich und daran gewöhnt, es sich bequem zu machen. Ich bin nicht stark genug, um selbst viel zu tun, mit einem kranken Baby. Ich weiß nicht, wie das alles enden wird. Im Grunde will er nicht unfreundlich sein, aber ... «

An dieser Stelle brach die leidgeprüfte Frau völlig zusammen und wurde von einer Reihe von Schluchzern geschüttelt, die den kleinen Vorrat an Lebenskraft, der ihr noch verblieben war, zu erschöpfen schienen. Die Besucherin näherte sich dem Stuhl, auf dem sie saß, kniete neben ihr nieder und nahm die arme, erschöpfte Gestalt in ihre Arme.

Sie weinten beide. Eine Zeit lang konnte keine von ihnen ein Wort sprechen, aber das Mitgefühl der stärkeren der beiden wirkte wie ein Stärkungsmittel auf ihre schwächere Schwester, die allmählich ruhig und gefasst wurde. Das Schluchzen verstummte, und der zerrüttete Körper hörte auf zu zittern.

Dann begannen sie zu reden und Mrs. Savareens Anteil an der Unterhaltung beschränkte sich hauptsächlich auf eine Reihe von mitfühlenden Fragen, durch die sie Einzelheiten herausfand, die ein Schlüssel zur gegenwärtigen Situation war.

Es stellte sich heraus, dass der *soi-disant* [sogenannte] Jack Randall die Bekanntschaft seines zweiten Opfers innerhalb kurzer Zeit nach seiner Abreise aus Kanada gemacht hatte. Damals war er auf eigene Rechnung als Pferdehändler in Lexington, Kentucky, tätig gewesen, wo der Vater der Frau, deren Leben er später zerstörte, eine Taverne betrieb. Er hatte ihr gegenüber sanfte Reden gehalten und ihr Herz gewonnen, obwohl sie schon damals nicht blind für seinen Hauptfehler war – seine Vorliebe für alten Bourbon.

Nach einem etwas längeren Werben hatte sie ihn geheiratet, aber die Sonne des Wohlstands hatte nach ihrer Heirat nie auf sie geschienen, denn seine Trinkgewohnheit war ihm zu Kopf gestiegen, und das wenige Geld, das er besaß, hatte er bald aufgebraucht. Er musste sein Geschäft aufzugeben und bei irgendwelchen Leuten arbeiten, die ihn einstellen wollten.

Danach hatte sich die Lage weiter verschlechtert. Er war gezwungen, von einer Stadt in die andere zu ziehen, denn seine Gewohnheiten ließen es nicht zu, dass er lange in einer Situation blieb. Sie hatte ihn mit wahrer ehelicher Hingabe überallhin begleitet, war aber dazu verdammt dazu, tief aus dem Kelch der Entbehrungen zu trinken, und war nie frei von Sorgen.

Vor etwa sechs Monaten waren sie nach New York gekommen, wo er zunächst eine recht einträgliche Anstellung in Hitchcocks Verkaufsstall gefunden hatte. Aber auch dort hatte er sich durch Alkohol und Vernachlässigung des Geschäfts die Zukunft vermasselt, und seit einiger Zeit war das unglückliche Paar völlig mittellos.

Das Kind war kurz nach ihrem Einzug in New York geboren worden. Die Gesundheit der Mutter, die schon vor diesem Ereignis alles andere als stark war, brach völlig zusammen, und sie hatte sich nie wieder ganz erholt. Der Keim der Schwindsucht, der ihr wahrscheinlich schon vor der Geburt eingepflanzt worden war, hatte sich in der wenig aussichtsreichen Lage, in der sie sich befand, rasch entwickelt, und es war offensichtlich, dass sie nicht mehr lange zu leben hatte. Sie war nicht in der Lage, ihr Kind, das von Tag zu Tag schwächer wurde, angemessen zu ernähren, und der einzige Wunsch, der ihr blieb, war, dass sie lange genug überleben möge, um zu sehen, wie es diese Welt angemessen verlassen würde.

So lautete die traurige Geschichte, die sich Mrs. Savareen anhören musste, als sie mit dem Kopf der armen Kreatur an ihrem Busen kniete. Für eine Weile verlor sie ihren eigenen Anteil an dem Elend aus den Augen, das der Mann, der in den Augen des Gesetzes immer noch ihr Ehemann war, verursacht hatte.

Sie sprach Worte des Trostes, die sich ihr aufdrängten, aber der Fall war hoffnungslos, und es war offensichtlich, dass kein dauerhafter Trost jemals wieder in der Brust der Frau, die sich für Mrs. Randall hielt, einen Platz finden konnte. Das Beste, was ihr in dieser Welt noch blieb, war, die

Zeremonie der Beerdigung ihres Kindes zu erleben, um dann sanft in den langen, letzten Schlaf zu sinken, in dem sie, so war zu hoffen, jene ruhige Erholung finden würde, die ihr ein grausames Schicksal verwehrt hatte, solange sie auf Erden war.

Mrs. Savareen war, wie man sich erinnern wird, eine fromme Frau. In einer solchen Situation wie der, in der sie sich befand, können wir sicher sein, dass sie keinen Hinweis auf die Tröstungen der Religion ausließ. Sie flüsterte dieser gequälten Seele einige jener Worte ins Ohr, über die die Denker der modernen Schule zu spotten pflegen, die aber seit achtzehn Jahrhunderten Balsam für die Leidenden und Betrübten aller Länder sind.

Außerdem versäumte sie es nicht, Trost in materieller Form zu spenden. Sie leerte ihren Geldbeutel in den Schoß der Kranken. Er enthielt etwa dreißig Dollar – wahrscheinlich mehr Geld, als Mrs. Randall je zuvor ihr Eigen genannt hatte. »Behalten Sie das für sich«, sagte sie, »davon können Sie sich und dem Baby viele kleine Annehmlichkeiten kaufen. Nein, ich werde nichts davon zurücknehmen. Ich bin gut dran und werde es nicht brauchen.«

Mit einer letzten Umarmung und ein paar eiligen Abschiedsworten schritt sie zum Bett und drückte dem kleinen verwahrlosten Kind, das dort lag, einen Kuss auf. Es war sich nicht der Welt der Sünde und des Leids bewusst, in der es einen so unsicheren Platz hatte. Ihre Mission war zu Ende. Leise ging sie aus dem Zimmer und schloss die Tür hinter sich.

XII. Immer noch ein Rätsel

Am oberen Ende der Treppe hielt sie einen Moment inne, um sich zu sammeln, bevor sie hinunter auf die Straße ging. Was sie zurückgelassen hatte, war eine Situation, die geeignet war, Emotionen zu wecken, und ihr Busen hob und senkte sich mit sanfter Zärtlichkeit und Mitleid. Aber sie hatte in der Schule der Erfahrung Selbstbeherrschung gelernt, und ihr Zögern war nur von kurzer Dauer.

Sie beherrschte ihre Gefühle und ging zielstrebig die beiden Treppen hinunter, öffnete die Haustür und wollte gerade die Schwelle überschreiten, als ein Mann eintrat. Das Licht der Straßenlaterne fiel voll auf sein Gesicht. Es war das Gesicht des Mannes, dessen rätselhaftes Verschwinden fünf Jahre zuvor in ganz Westkanada großes Aufsehen erregt hatte. Es war nicht zu verwechseln, auch wenn es stark verändert war.

Fünf Jahre hatten ihm schreckliche Schäden zugefügt. Die Narbe auf der linken Wange war auffälliger als früher, und die Gesichtszüge schienen in einem ewigen Stirnrunzeln zu verharren. Aber das Schlimmste war, dass das Antlitz aufgedunsen und vom Alkohol gezeichnet war. Die Nase war knollig und schwammig geworden, die Augen wässrig und schwach.

Die Kleidung des Mannes war geflickt und schäbig und machte den Eindruck, als sei sie bis zu den Ellbogen ausgeleiert. Sein unsicherer Schritt deutete darauf hin, dass er in diesem Moment mindestens halb betrunken war.

Er sah die Frau, die ihm so aufmerksam ins Gesicht blickte, nicht oder nahm sie jedenfalls nicht wahr.

Als er auf dem Weg nach oben taumelte, stolperte er und entging nur knapp einem Sturz. Konnte es möglich sein, dass dieses unrühmliche Wesen der Mann war, den sie einst als Ehemann geliebt hatte? Sie erschauderte, als sie auf den Bürgersteig hinausstürzte. Wahrlich, die Strafe für seine Sünden hatte ihn gefunden.

Es fiel ihr nicht schwer, den Weg zurück zum Hotel zu finden, ohne jemanden zu fragen. Dort angekommen, sprach sie kurz mit dem Mann am Empfang und ging dann in ein kleines Gemeinschaftszimmer, wo sie ihren Vater fand. Der alte Herr hatte sich bereits Sorgen wegen ihrer langen Abwesenheit gemacht.

»Nun, Vater, ich habe herausgefunden, dass es um Mitternacht einen Expresszug nach Suspension Bridge gibt. Ich denke, wir sollten ihn nehmen. Es ist jetzt halb elf. Ich habe alles erfahren, was ich wissen wollte, und es hat keinen Sinn, dass wir noch hier bleiben und Geld ausgeben. Aber vielleicht bist du müde und möchtest dich ausruhen.«

»Du hast alles erfahren, was du wissen wolltest? Willst du damit sagen, du hast ihn gesehen?«

»Ja, und ich möchte ihn nie wieder auf dieser Welt sehen oder von ihm hören. Stell mir jetzt keine Fragen. Ich werde dir alles erzählen, bevor wir nach Hause kommen, und danach wirst du seinen Namen hoffentlich nie mehr in meiner Gegenwart erwähnen. Wann werden wir aufbrechen?«

Da sie es wirklich eilig hatte, wegzukommen, stimmte der alte Mann ihrem Vorschlag zu, und sie machten sich mit dem Mitternachtszug auf den Heimweg.

Sie erreichten Millbrook zu gegebener Zeit, und der Vater war inzwischen über alles informiert worden, was seine Tochter ihm zu sagen hatte. Savareens Verschwinden blieb für sie nach wie vor ein großes Rätsel, aber es war auf jeden Fall klar, dass er sich freiwillig aus dem Staub gemacht hatte, und dass er dabei eine Menge Scharfsinn und Gerissenheit an den Tag gelegt haben musste.

Die Frage, inwieweit es ratsam war, die Öffentlichkeit ins Vertrauen zu ziehen, hat die Entscheidungsfindung von Vater und Tochter nicht einfach gemacht. Sie kamen zu dem Schluss, dass so wenig wie möglich über diese Angelegenheit gesagt werden sollte, doch ihre Reise nach New York war bereits bekannt und konnte nicht völlig ignoriert werden.

Sie mussten notgedrungen die Tatsache zugeben, dass Savareen noch existiert. Der Sentinel, die lokale Zeitung, würde unweigerlich darüber berichten, und der Bericht würde in die Spalten anderer Zeitungen übernommen werden. Das Thema dürfte unter den lokalen Klatschbasen eifrig diskutiert werden, und die Aufregung von vor fünf Jahren würde in gewisser Weise wieder aufleben. All dies war natürlich zu erwarten und musste so gut wie möglich ertragen werden, aber es wurde beschlossen, die Leute nicht zu ermutigen, Fragen zu stellen und ihnen zu verstehen zu geben, dass das Thema für die unmittelbar betroffenen Personen nicht angenehm war. Es war zu hoffen, dass sich der Klatsch früher oder später von selbst erledigen würde.

Für den Moment war es ratsam, dass Mrs. Savareen sich in ihren eigenen vier Wänden aufhält und so wenig wie möglich mit ihren Nachbarn kommuniziert.

Dieses Vorgenommene wurde strikt eingehalten, und alles verlief genau so, wie man es erwartet hatte. Mr. Haskins erreichte Millbrook auf seinem Heimweg nach Tennessee innerhalb von ein oder zwei Tagen nach der Rückkehr von Vater und Tochter aus New York. Der Vater teilte ihm mit, dass Randall und Savareen identisch seien, dass die Familie aber jedes Gerede über die Affäre so weit wie möglich unterdrücken wolle. Er befolgte den Hinweis und machte sich auf den Heimweg, ohne sich weiter in Angelegenheiten einzumischen, die ihn nicht persönlich betrafen.

Es war jedoch kaum anzunehmen, dass die örtliche Bevölkerung die gleiche Nachsicht walten lassen würde. Die Neugierde war weit verbreitet und ließ sich nicht aus bloßem Feingefühl unterdrücken. Kaum war die Rückkehr von Vater und Tochter bekannt geworden, wurde der Vater von zahlreichen Freunden und Bekannten aufgefordert, das Ergebnis seiner Reise mitzuteilen.

Er gab zu, dass der Vermisste unter falschem Namen in den USA lebte, fügte aber hinzu, dass weder seine Tochter noch er selbst bereit seien, darüber zu sprechen. Er sagte: »Die Last, die meine Tochter zu tragen hat, ist sehr schwer, und jeder, der auf sie oder mich Rücksicht nimmt, wird diese Angelegenheit niemals in unserer Gegenwart erwähnen. Wer das tut, verwirkt jedes Recht, als Freund oder wohlgesonnen angesehen zu werden.«

Das brachte die Klatschbasen zwar nicht zum Schweigen, aber es hinderte sie zumindest daran, ihre Fragen direkt an ihn zu richten. Er wurde umgehend vom Redakteur des Sentinel interviewt, der genau die gleichen Informationen erhielt wie andere Leute und nicht mehr.

Die nächste Nummer der Zeitung enthielt einen Leitartikel zu diesem Thema, in dem das Schweigen von Mrs. Savareen und ihrem Vater beanstandet wurde. Die Öffentlichkeit, so hieß es, habe ein Recht darauf, alles zu erfahren, was es zu erzählen gebe. Savareens Verschwinden sei längst öffentliches Gut geworden, und die Familie sei nicht berechtigt, Informationen zurückzuhalten, die Licht in dieses dunkle Thema bringen könnten.

Dieser Artikel wurde von anderen Zeitungen nach Belieben kopiert, und mehrere Wochen lang wurde das Thema in der kleinen Welt Westkanadas auffallend präsent gehalten.

Nirgendwo war das Interesse an diesem Thema so groß wie im Royal Oak, wo es Gegenstand häufiger und fast ununterbrochener Diskussionen war. Es verging kein Tag, an dem mein Gastgeber Lapierre sich nicht öffentlich zu seinem Scharfsinn beglückwünschte, weil er die ganze Zeit geglaubt und erklärt hatte, Savareen sei noch im Land der Lebenden.

Auch der Wirt teilte die weitverbreitete Meinung, dass die Familie kommunikativer sein sollte. »Ich war immer«, sagte er, »ein großer Freund von Mrs. Savareen. Ich respektiere sie sehr, aber ich denke, sie könnte uns etwas mehr über ihre Unternehmungen in New York erzählen.«

Dutzende anderer Personen trällerten dieselbe monotone Melodie. Aber Vater und Tochter fügten sich der allgemeinen Meinung wie einer notwendigen Strafe in ihrer Situation, und allmählich beruhigte sich die Aufregung.

Ich weiß nicht, ob die Stiefmutter besser informiert war als andere Leute, aber wenn ja, dann hielt sie ihre Zunge zwischen den Zähnen wie eine vernünftige Frau.

Was Mrs. Savareen selbst anbelangt, so hielt sie sich konsequent zurück, mit niemandem über dieses Thema zu sprechen, und selbst die eingefleischtesten Klatschtanten zeigten genügend Respekt vor ihren Gefühlen, um ihr keine Fragen zu stellen.

Sie behielt den gleichmäßigen Tenor ihrer Art bei, verrichtete ihre Arbeit und verhielt sich wie immer, aber sie lebte zurückgezogen und wurde nur selten außerhalb ihres Hauses gesehen. So vergingen mehrere Monate, ohne dass etwas ereignete, das es wert wäre, aufgezeichnet zu werden.

Das Geheimnis des Verschwindens von Savareen blieb weiterhin ein Rätsel, doch der Zeitpunkt rückte näher, an dem alles, was so lange im Dunkeln gelegen hatte, aufgeklärt und das seltsame Problem von vor fünf Jahren gelöst werden sollte.

*

XIII. Gutes für Böses

Der düstere Monat November 1859 neigte sich dem Ende zu. Es herrschte, wie zu dieser Jahreszeit üblich, trübes Wetter, und der bedeckte Himmel war dunkel und drohend. Mehr als drei Monate waren seit der Reise nach New York vergangen, und Mrs. Savareen und ihre Angelegenheiten waren nicht mehr Gespräch der Menschen in Millbrook und Umgebung.

Sie lebte weiterhin sehr zurückgezogen und bewegte sich nur selten über die Schwelle ihrer eigenen Tür hinaus. Ihr Vater und ihr Bruder waren fast die einzigen Besucher, denn die Stiefmutter drang nur selten in ihr Reich ein und wurde von ihr auch nicht gerade dazu ermutigt, da ihre Anwesenheit nie ein Trost war.

Der kleine Junge wuchs immer schneller, und es schien der liebevollen Mutter, dass er ihr jeden Tag mehr ans Herz wachsen würde. Er war das einzige Licht und die einzige Freude in ihrem Leben, und mit ihm verbanden sich alle ihre Hoffnungen für die Zukunft.

In letzter Zeit hatte sie aufgehört, seine Züge zu mustern, in der Hoffnung, darin eine Ähnlichkeit mit dem verschwundenen Vater zu entdecken. Seit ihrem Besuch in der Amity Street war diese liebevolle Illusion gänzlich verschwunden und sollte nie wiederkehren. Sie hatte sogar aufgehört, mit ihm über seinen anderen Elternteil zu sprechen, und begann, sich selbst als Witwe zu betrachten. Das war der Stand der Dinge, als der Trott ihres Daseins durch eine Reihe von Umständen unterbrochen wurde, die es nun zu berichten gilt.

Es ging rasch auf sechs Uhr abends zu, und die Dunkelheit der Nacht hatte sich bereits über die Landschaft gelegt. Mrs. Savareen saß in ihrer kleinen Stube mit ihrem Jungen auf dem Schoß, wie es zu dieser Stunde immer ihre Gewohnheit war.

Die Lampe war nicht angezündet worden, aber der Kamin strahlte ein rötliches Licht aus, in dem sich die zahllosen Schatten auf dem Boden und in den entlegenen Ecken des Raumes spiegelten. Sowohl für die Mutter als auch für das Kind war diese Stunde 'zwischen Dunkelheit und Tageslicht' die unvergleichlich schönste der vierundzwanzig Stunden, denn sie war dem Geschichtenerzählen geweiht.

In dieser Zeit wurde der Junge zum ersten Mal mit jenen alten Legenden bekannt gemacht, die in der einen oder anderen Form seit so vielen Jahrhunderten die Herzen glücklicher Kinder erfreuen und die sie auch in den kommenden Jahrhunderten noch erfreuen werden. Damals machte er die Bekanntschaft von 'Rotkäppchen', Jack dem Riesentöter' und den 'Sieben Meistern der Christenheit'.

Die Mischung aus Licht und Schatten der lodernden Hickoryholzscheite im Kamin verlieh den zahlreichen Geschichten, welche die Mutter zur Erbauung des Kindes vortrug, zusätzlichen Reiz, und ich bezweifle nicht, dass der wundersame Bohnenstängel aus 'Hans und die Bohnenranke' in Master Reggies Gedächtnis immer noch mit diesem gemütlichen kleinen Zimmer mit seiner gemischten Atmosphäre aus heiterem Zwielicht und düsteren Schatten verbunden ist.

Noch ein paar Minuten und dann ist es eigentlich Zeit für den Tee. Es wäre aber nicht gut, die Geschichte von den 'Kindern im Wald' gerade dann abzubrechen, wenn die beiden Abgesandten des bösen Onkels in den Tiefen des Waldes zu streiten beginnen. Die Gefühle des Kindes waren geweckt, und es würde sich nicht einfach damit abfinden, in der Schwebe gehalten zu werden. Nein, die grausame alte Geschichte musste zu Ende erzählt werden, zumindest bis zu der Stelle, an der die Rotkehlchen, nachdem sie das Schicksal der unglücklichen Kinder beklagt hatten, diese 'mit Blättern zudeckten'.

Und so fuhr die Mutter mit ihrer Erzählung fort und war gerade auf dem Höhepunkt angelangt, als sie draußen einen herannahenden Schritt hörte. Dann klopfte es an der Tür, und der Vater von Mrs. Savareen trat ein. An seiner Miene war unschwer zu erkennen, dass es sich nicht um einen unbedeutenden Besuch handelte. Offensichtlich hatte er Neuigkeiten zu berichten.

»Ist etwas passiert, Vater«, sagte Mrs. Savareen, so ruhig wie möglich.

»Nun, ja, es ist etwas passiert. Es ist nichts Schlimmes, aber du solltest dich auf unangenehme Nachrichten gefasst machen.«

»Es ist dieser Mann – er ist gekommen«, sagte sie aufgeregt.

»Ja, er ist in die Stadt gekommen.«

»Steht er vor der Tür?«

»Nein, er ist bei mir zu Hause. Ich dachte, es wäre besser, ich komme vorbei und sage es dir, anstatt ihn selbst kommen zu lassen und dich zu überrumpeln.«

»Weshalb ist er gekommen und was will er?«, erkundigte sich Mrs. Savareen in einem härteren Tonfall als gewöhnlich.

»Nun, zum einen will er dich sehen, und ich nehme an, du kannst dich nicht davor drücken, ihn zu sehen. Er ist dein Mann, weißt du. Er weiß nichts von der Reise nach New York. Er hat kein Geld und sieht schäbig und kränklich aus. Ich würde mich nicht wundern, wenn er nicht mehr lange auf dieser Welt ist.«

»Du hast ihm also nichts von der Reise nach New York erzählt?«

»Nein, ich wusste nicht genau, wie du darüber denkst, und er sah so heruntergekommen und mitleiderregend aus, dass ich mich nicht dazu geäußert habe. Ich denke, es ist besser, wenn Sie du selbst siehst und hörst, was er zu sagen hat.«

Es stellte sich heraus, dass Savareen mit dem 16.15 Uhr-Zug aus New York in Millbrook angekommen war und sich durch die am wenigsten besuchten Straßen zum Haus seines Schwiegervaters geschlichen hatte, ohne von jemandem erkannt zu werden. Man kann sogar bezweifeln, dass einer seiner alten Freunde ihn wiedererkannt hätte, selbst wenn er ihm am helllichten Tag von Angesicht zu Angesicht begegnet wäre, denn er war keineswegs die rötliche, robuste, selbstzufriedene Gestalt, die sie in den alten Tagen zu sehen gewohnt waren, als er auf seiner schwarzen Stute in die Stadt zu reiten pflegte.

Seine Kleidung war schmuddelig und abgenutzt, und seine körperlichen Proportionen waren so geschrumpft, dass die schäbigen Kleidungsstücke für ihn viel zu weit zu sein schienen. Sein Gesicht, das vor drei Monaten noch aufgedunsen und durchweicht gewesen war, war blass und abgemagert, und die Narbe auf seiner linken Wange schien sich weiter entwickelt zu haben, bis sie zu dem am meisten auffallende Merkmal in seinem Gesicht geworden war.

Sein Schritt war schwach und zittrig, und es war offensichtlich, dass er gesundheitlich völlig am Ende war. Er befand sich in einem Zustand, der an einen Zusammenbruch grenzte, und war kaum in der Lage, sich fortzubewegen.

Seine finanzielle Situation entsprach seinem körperlichen Zustand. Er hatte sein letztes Geld für den Kauf der Bahnfahrkarte ausgegeben, und als er die Tür seines Schwiegervaters erreichte, war er mangels Nahrung fast verhungert.

Als man ihm einen Laib Brot und ein paar Scheiben kaltes Fleisch vorsetzte, hatte er sich mit der Gefräßigkeit eines Dschungeltigers darauf gestürzt. Er hatte keine Erklärung für seine Anwesenheit abgegeben, außer dass er glaubte, sterben zu müssen, und dass er seine Frau und sein Kind sehen wollte.

Da er erschöpft war und dringend Ruhe brauchte, hatte man ihn ins Bett gebracht, und sein Schwiegervater hatte sich, nachdem er ihn bequem auf sein Lager gelegt hatte, auf den Weg gemacht, um seiner Tochter die Nachricht zu überbringen.

Es gab keinen Zweifel daran, was das Richtige war, das getan werden sollte. Mrs. Savareen machte das Feuer aus, zog ihre Mütze und ihren Schal an und schloss das Haus ab. Dann nahm sie ihren kleinen Jungen an die Hand und begleitete ihren Vater zu dem alten Haus, in dem der einst hübsche junge Bauer sie sechs oder sieben Jahre zuvor zu besuchen und zu umwerben pflegte.

Als sie dort ankam, fand sie den Gebrochenen in einem tiefen, erschöpften Schlaf. Sie übergab ihren Jungen der Obhut ihrer Stiefmutter und setzte sich an das Bett und wartete. Ihre Nachtwache war langwierig, denn der erschöpfte Schläfer erwachte erst in den frühen Morgenstunden des nächsten Tages. Dann öffnete er mit einem langen Atemzug die Augen und sah die Wachende mit einem schwachen, abschweifenden Blick an, als könne er die Situation nicht vollständig erfassen.

Die Wahrheit drang allmählich zu ihm durch. Er schob sich unruhig hin und her, als wäre er froh gewesen, sich unter der Bettdecke zu verkriechen, wenn er nicht so unentschlossen gewesen wäre. Kein geschlagener Hund hatte je ein jämmerlicheres Gesicht gemacht.

Seine Frau war die erste, die das Wort ergriff. »Fühlst du dich ausgeruht?«, fragte sie in einem sanften Ton.

»Ausgeruht? Oh ja, jetzt erinnere ich mich. Wir sind bei deinem Vater.«

»Ja, aber sprich jetzt nicht weiter, wenn es dich ermüdet. Versuche, wieder einzuschlafen.«

»Du bist gut zu mir, besser als ich es verdiene«, antwortete er nach einer Pause. Dann stiegen ihm große Tränen in die Augen und sie rannen, eine nach der anderen, über sein hageres, abgenutztes Gesicht. Es war leicht zu erkennen, dass er äußerst schwach war. Die lange Reise mit dem Zug ohne Essen war zu viel für ihn gewesen, und in seinem Gesundheitszustand war es gut möglich, dass er nie wieder aufstehen würde.

Die weibliche Natur der aufgebrachten Ehefrau kam, wie immer unter solchen Umständen, zum Vorschein. Ihre Liebe zu dem elenden Geschöpf, das da vor ihr lag, war vor langer Zeit getötet und gekreuzigt worden, um nie wieder aufleben zu können. Aber sie konnte nicht vergessen, dass sie ihn einst geliebt hatte und dass er der Vater ihres Kindes war.

Wie sehr er ihr auch unrecht getan hatte, er war krank und litt – vielleicht lag er im Sterben. Seine Strafe war ohne ihr Zutun über ihn gekommen. Sie verglich sein jetziges Verhalten mit dem von anderen Tagen. Er war gekrümmt, gebrochen, zerschmettert. Nichts erinnerte sie mehr an den stämmigen, männlichen jungen Mann, dessen Stimme ihr Herz einst zu Bewunderung und Liebe gerührt hatte. Umso mehr Grund, jetzt gut zu ihm zu sein, so unverdient es auch sein mochte. Unser 'britischer Homer' [Walter Scott, schottischer Dichter] zeigte eine wahre Wertschätzung für die beste Seite der weiblichen Natur, als er schrieb ...

Oh Frau, in unserer Stunde der Ruhe
Unsicher, schüchtern und unzufrieden
Wenn Schmerz und Pein dir die Stirn zerfurcht
Ein dienender Engel du bist!

Sie stand auf, näherte sich dem Bett, während ihr Blick sanft auf seinem Gesicht ruhte, holte ihr Taschentuch hervor und wischte ihm mit einer liebkosenden Hand die salzigen Tränen von den Wangen.

Für ihn, der dort in seiner Hilflosigkeit lag, schien sie eine irdische Vertreterin jener göttlichen Wohltätigkeit zu sein, 'deren gesegnete Aufgabe', so Thackeray*, 'es eines Tages sein wird, die Tränen von jedem Auge abzuwischen'.

[* bedeutender englischer Romancier]

Ihre Sanftmut ließ die Quellen der Tränen erneut sprudeln, und die niedergeschlagene Gestalt wurde von Schluchzern geschüttelt. Sie setzte sich neben ihn auf das Bett und brachte die kleine Tränenflut mit einer zärtlichen Berührung zum Stillstand. Nach und nach kehrte Ruhe ein, und er sank in einen tiefen, scheinbar traumlosen Schlaf.

Als er wieder erwachte, war es helllichter Tag. Das Erste, worauf seine Augen ruhten, war die geduldig Wachende, die die ganze Nacht hindurch ihren Posten nicht verlassen hatte und immer noch in einem Sessel an seinem Bett saß, bereit, ihm Trost zu spenden.

Sobald sie merkte, dass er wach war, näherte sie sich ihm und nahm seine erschöpfte Hand in die ihre. Er blickte ihr fest ins Gesicht, konnte aber keine Worte finden.

»Du bist jetzt ausgeruht, nicht wahr?«, murmelte sie, kaum hörbar.

Nach einer Weile fand er seine Stimme wieder und fragte, wie lange er geschlafen habe. Als er es erfuhr, meinte er, dass es Zeit für ihn sei, aufzustehen.

»Noch nicht«, lautete die Antwort, »du sollst erst einmal frühstücken, und dann wird es Zeit genug sein, ans Aufstehen zu denken. Ich verbiete dir, zu reden, bevor du etwas gegessen hast«, fügte sie scherzhaft hinzu. »Bleib noch ein paar Minuten liegen, während ich mich um eine Tasse Tee kümmere«, und mit diesen Worten überließ sie ihn sich selbst.

Bald darauf kam sie mit einem Tablett und Essen zurück. Behutsam hob sie ihn in eine sitzende Position und legte ihm ein großes, weiches Kissen auf den Rücken. Wie ein Kind ließ er sich von ihr verwöhnen. Es war lange her, dass man sich so liebevoll um ihn gekümmert hatte, und die Position erschien ihm zweifellos ein wenig fremd.

Nachdem er eine Tasse Tee getrunken und einige Häppchen der ihm dargebotenen Leckereien gegessen hatte, fühlte er sich offensichtlich erfrischt. Seine Augen verloren etwas von ihrem glanzlosen Ausdruck, den er bei seinem kränklichen Zustand an den Tag gelegt hatte, und seine Stimme gewann ein wenig von ihrem natürlichen Klang zurück. Als er jedoch versuchte, aufzustehen und sich anzuziehen, verriet er ein solches Maß an körperlicher Schwäche, dass seine Frau ihm weitere Anstrengungen untersagte. Er gab ihrem Drängen nach und blieb im Bett, was offensichtlich der beste Platz für ihn war.

Er wurde nicht mit unnötigen Fragen über seine Anwesenheit belästigt, da Mrs. Savareen zu Recht der

Meinung war, dass es an ihm lag, sich freiwillig zu erklären, wenn er sich dieser Aufgabe gewachsen fühlte.

Nach einer Weile wurde sein kleiner Junge hereingebracht, um den Vater zu sehen, von dem er sich dunkel erinnerte, gehört zu haben. Seine Anwesenheit veranlasste den Kranken zu weiteren tränenreichen Gefühlsausbrüchen, schien aber im Großen und Ganzen eine heilsame Wirkung zu haben. Lange Abwesenheit und ein Vagabundenleben hatten den väterlichen Instinkt nicht ausgelöscht, und der kleine Bursche wurde mit einer Inbrunst gestreichelt, die zu echt war, als dass man sie ihm als nur vorgegeben hätte unterstellen können.

Master Reggie empfing diese Ergüsse der Zuneigung, ohne entsprechend darauf zu reagieren. Man konnte von ihm nicht erwarten, dass er für jemanden, den er seit seiner frühesten Kindheit nicht mehr gesehen hatte und dessen Namen seit einigen Monaten aus seinem Gedächtnis verschwunden war, eine besondere Zuneigung empfinden würde. Sein unbedarftes Geplapper kam jedoch bei seinem Vater gut an, der ihm wie gebannt zuhörte und zusah. Seine vergeudete – schlimmer noch als nur vergeudete – Vergangenheit schien vor ihm hochzukommen, als die Worte des Kindes sanft an sein Ohr drangen, und er schien mehr denn je zu begreifen, wie viel er weggeworfen hatte.

Im Laufe des Vormittags nahm die Stiefmutter von Mrs. Savareen ihren Platz im Krankenzimmer ein, und sie selbst zog sich in ein anderes Zimmer zurück, um sich auszuruhen, was sie zu diesem Zeitpunkt dringend nötig hatte.

Der Kranke wollte dem Vorschlag, einen Arzt zu rufen, nicht zustimmen. Er erklärte, dass er nur todmüde sei und dass Ruhe und Stille ihn auch ohne Medizin bald wiederherstellen würden, sofern eine Wiederherstellung überhaupt möglich sei. Und so verging der Tag.

Am Abend nahm die Frau wieder ihren Platz am Bett ein, und es dauerte nicht lange, bis ihr Mann freiwillig sein Kapitel der Erklärungen begann. Seine Geschichte war seltsam, aber es gab keinen Grund, an der Wahrheit irgendeines Teils davon zu zweifeln.

XIV. Das schlechte Halbkronenstück

Er begann damit, dass er sich mit dem schlechten Halbkronenstück verglich, das immer wieder den Weg zurückfindet, das aber kein Recht hat, bei seiner Rückkehr einen herzlichen Empfang zu erwarten.

»Wenn es nicht so wäre«, sagte er, »dass ich mich dem Ende meiner Reise auf Erden ziemlich nahe fühle, könnte ich gar nicht wagen, dir meine Geschichte zu erzählen. Aber ich fühle, dass ich erschöpft bin, und halte es nicht für wahrscheinlich, dass ich diesen Raum jemals verlassen werde, außer für das Grab. Du sollst alles erfahren, sogar noch ausführlicher, als ich es bis zu den letzten Stunden selbst gewusst habe.«

»Man sagt, dass ein Mann, wenn er sich seinem Ende nähert, klarer sieht als zu jedem anderen Zeitpunkt seines Lebens. Ich für meinen Teil sehe jetzt zum ersten Mal, dass ich von meiner Wiege an nie etwas anderes als ein wertloser Rüpel gewesen bin. Ich war nie in der Lage, allein zu gehen, und wenn ich wieder gesund und stark werden würde, wäre ich keinen Deut besser, als ich es bisher war.«

»Ich weiß nicht, ob ich dir schon einmal erzählt habe, dass ich Zigeunerblut in meinen Adern habe. Meine Großmutter war eine Zigeunerin, die mein Großvater in Wandsworth Common aufgelesen hat. Ich will diese Tatsache nicht als Entschuldigung für mein Verhalten anführen, aber ich habe manchmal gedacht, dass sie vielleicht etwas mit dem ausgeprägten Vagabundentum zu tun hat, das immer eines meiner markantesten Merkmale war.«

»Solange ich im Haus meines Vaters gelebt habe, hat er mich stets davon abgehalten, irgendetwas Unvernünftiges zu tun, aber ich war immer ein impulsives Wesen, das bereit war, sich auf jeden haarsträubenden Plan einzulassen, ohne an die Folgen zu denken. Ich habe in meinem Leben nie eine Woche im Voraus geplant.«

»Es hatte mir genügt, wenn die Gegenwart erträglich war und wenn die allgemeinen Zukunftsaussichten etwas Neues versprachen. Dass ich überhaupt in dieses Land gekommen bin, war ein bloßer Impuls, inspiriert von einer sinnlosen Vorliebe für Abenteuer und dem Wunsch, fremde Gesichter und Umgebungen zu sehen. Dass ich die Farm von Squire Harrington übernommen habe, war ebenfalls ein Impuls, der vor allem auf die Nähe zu Lapierre zurückzuführen war, der ein fröhlicher Gastwirt ist und es versteht, es seinen Gästen angenehm zu machen.«

»Ich hatte keine besondere Begabung für das Landleben, keinen besonderen Wunsch, in der Welt voranzukommen, keinen besonderen Wunsch, irgendetwas anderes zu tun, als die Zeit so angenehm wie möglich zu verbringen, ohne an die Zukunft zu denken oder mich darum zu kümmern.«

»Und da ich mir fest vorgenommen habe, reinen Tisch zu machen, werde ich dir etwas sagen, das dich dazu bringen wird, mich mehr zu verachten, als du mich je verachtet hast.«

»Als ich dich geheiratet habe, tat ich es erneut aus einem Impuls heraus. Missverstehe mich nicht. Du hast mir besser als jede andere Frau gefallen, die ich je gesehen hatte. Ich mochte dein hübsches Gesicht und deine sanfte, mädchenhafte Art. Ich wusste, dass du gut bist und eine ausgezeichnete Ehefrau abgeben würdest. Aber ich wusste auch, dass ich keine Gefühle für dich hatte, wie sie ein Mann für die Frau haben sollte, die er zu seiner Lebensgefährtin machen will – keine solchen Gefühle zum Beispiel, wie ich sie jetzt in diesem Augenblick für dich habe.«

»Nun, ich habe dich geheiratet und wir haben so glücklich zusammengelebt, wie die meisten jungen Paare es tun. Ich wusste, dass ich eine gute Frau hatte, und du wusstest nicht, ja ahntest nicht einmal, was für einen hirnlosen, herzlosen Tölpel du als deinen Mann an deiner Seite hattest. Unser Eheleben ist dahingeglitten, ohne dass irgendetwas Besonderes geschah, um es zu stören.«

»Aber die Sache wurde mir zu eintönig, und ich hatte das Verlangen eines gedankenlosen Vagabunden nach Veränderung.«

»Wir sind auf der Farm ganz gut zurechtgekommen, aber ein- oder zweimal war ich kurz davor, dir vorzuschlagen, dass wir in die westlichen Staaten auswandern sollten. Ich fing an, mehr zu trinken, als mir guttat, und zwei- oder dreimal, wenn ich ziemlich betrunken nach Hause gekommen bin, hast du mir Vorwürfe gemacht und mich auf eine Weise angesehen, die mir nicht gefallen hatte. Das habe ich dir innerlich übel genommen, wie der besessene Narr, der ich war. Ich hatte gedacht, du hättest deine Zunge im Zaum halten können. Das schlechte Gefühl war bei mir aber nicht sehr stark, und wenn die verfluchten vierhundert Pfund nicht gewesen wären, hätte die Sache vielleicht noch eine Weile weitergehen können. Natürlich behielt ich das alles für mich, denn ich war wenigstens vernünftig genug, um mich für meine Ziellosigkeit zu schämen, und wusste, dass ich eine Tracht Prügel verdient hätte, weil ich mich nicht mehr um dich und das Baby gekümmert habe.«

»Das Erbe meines Vaters hätte uns, wenn es richtig eingesetzt worden wäre, auf die Beine gebracht. Mit einer eigenen Farm hätte ich die berechtigte Hoffnung, ein wichtigerer Mann in unserer Gemeinschaft zu werden, als ich es bisher war. Eine Zeit lang war dies die einzige Seite des Bildes, die sich mir bot. Ich begann, mich selbst als Grundbesitzer zu betrachten, und diese Betrachtung war angenehm genug. Ich kaufte die Farm von Squire Harrington in gutem Glauben und mit keiner anderen Absicht als der, das Geschäft wirklich zu betreiben.«

»Als ich am Morgen jenes 17. Juli das Haus verlassen habe, hatte ich ebenso wenig die Absicht zu fliehen, wie ich jetzt für das Parlament kandidieren will. Der Gedanke kam mir nicht einmal in den Sinn.«

»Der Morgen war nass, und es schien, dass wir einen regnerischen Tag haben würden. Ich war in besserer Laune als sonst und dachte, ich könnte genauso gut in die Stadt reiten, um mir die Zeit zu vertreiben. Der Stallbursche, dessen Namen ich vergessen habe, war in diesem Moment nicht zu erreichen, also ging ich in den Stall, um meine Black Bess selbst zu satteln. Dabei hatte ich festgestellt, dass die vordere Innenpolsterung des Sattels in der Nacht von Ratten zerrissen worden war und die Metallplatte freilag.«

»Die Verwendung des Sattels in diesem Zustand hätte den Rücken der Stute verletzt, und es war notwendig, etwas unter den Sattel zu legen. Ich habe mich im Stall umgeschaut, konnte aber nichts Geeignetes sehen. Also bin ich zurück ins Haus gegangen, um ein altes Tuch zu holen.«

»Wärst du da gewesen, hätte ich nach dem Gewünschten gefragt, aber du warst nicht zu sehen, und als ich deinen Namen gerufen habe, hast du nicht geantwortet.«

»Da bin ich in einem Anfall von dummer Gereiztheit in das vordere Schlafzimmer gegangen, habe meinen Koffer geöffnet und das erstbeste herausgeholt. Ich hätte für das, was ich gebraucht hatte, alles genommen, selbst ein seidenes Kleid oder einen Unterrock, aber es war mein eigener Mantel. Ich habe ihn in den Stall mitgenommen, unter den Sattel gelegt und bin losgeritten. Bevor ich zum Eingangstor gekommen war, hatte ich gesehen, warum du meinem Rufen nicht gefolgt bist, denn, wie du dich sicher erinnerst, warst du mit dem Kind auf dem Arm im Obstgarten, in einiger Entfernung vom Haus. Ich habe dir im Vorbeireiten zugenickt, ohne daran zu denken, dass Jahre vergehen werden, bevor ich dich wiedersehen würde.«

»Ich nehme an, du weißt, wie ich den Tag verbracht hatte. Ein kleiner Streit mit dem Bankangestellten hatte mir die Laune verdorben. Ich hatte zunächst nicht vor, das Geld abzuheben, sondern es bis zum nächsten Morgen auf dem Konto zu lassen. Die Bemerkung des schlecht gelaunten Shuttleworths hatte mich dermaßen gereizt, dass ich die Scheine verärgert an mich genommen und die Bank mit ihnen in der Tasche verlassen habe. Ich hätte vernünftig genug sein müssen, um sofort nach Hause zu reiten, aber ich ging zum Peacock und habe mich betrunken.«

»Ich hatte mich überglücklich gefühlt, eine so große Summe Geld bei mir zu haben und mich den ganzen Nachmittag wie ein Narr und Säufer benommen. Erst ein paar Minuten vor Einbruch der Dunkelheit habe ich mich dann auf den Heimweg gemacht. Bis zu diesem Zeitpunkt war mir der Gedanke, mich aus dem Staub zu machen, noch immer nicht gekommen. Aber als ich die ruhige Straße entlang galoppiert bin, habe ich angefangen, darüber nachzudenken, was für eine schöne Zeit ich mit vierhundert Pfund in der Tasche an einem weit entfernten Ort haben könnte, wo man mich nicht kennt und wo ich frei von jeder Art von Belastung sein würde.«

»In dem halb verwirrten Zustand, in dem ich mich damals befunden habe, ergriff die Idee schnell Besitz von meiner dummen Fantasie. Ich bin jedoch weitergeritten, ohne einen festen Entschluss zu fassen, bis ich die Mautstelle von Jonathan Perry erreicht hatte. Ich habe ein paar Worte mit ihm gewechselt und dann meine Reise fortgesetzt. Plötzlich wurde mir klar, dass es nichts bringen würde, meine Flucht hinauszuzögern, wenn ich das wirklich wollte.«

»Welchen Sinn hatte es, nach Hause zu gehen? Wenn ich jemals wieder dorthin kommen würde, könnte ich wahrscheinlich nicht genug Entschlossenheit aufbringen, um überhaupt zu gehen.«

»In diesem Moment hatte ich das Geräusch von Pferdefüßen gehört, die sich schnell auf der Straße bewegt haben. Ein Impuls hatte mich erfasst, aus dem Weg zu gehen, aber das war nicht leicht. Auf beiden Seiten der Straße gab es einen flachen Graben, und der Zaun war zu hoch für einen Sprung. Bevor ich abhauen konnte, würde der Reiter zur Stelle sein. Als ich daraufhin einen schnellen Blick um mich geworfen hatte, stand ich vor dem Tor des Wegs, der an der Seite von Stollivers Haus hinunter zu seiner Scheune führt. Zufälligerweise war das Tor offen. Das andere Pferd ritt klappernd die Straße hinunter, und ich durfte keine Sekunde verlieren, wenn ich ungesehen bleiben wollte.«

»Ich bin hineingeritten, abgestiegen, und habe das Tor abgeschlossen. Dann habe ich meine Stute ein paar Meter die Straße hinunter zu einem überhängenden schwarzen Kirschbaum geführt, unter dem ich mich dann niedergelassen habe. Kaum hatte ich meine Position eingenommen, als das Pferd und sein Reiter in schnellem Trab die Straße hinunterkamen. Es war zu dunkel, als dass ich auf diese Entfernung hätte erkennen können, wer der Reiter war, aber wie du hören wirst, fand ich es bald heraus.«

»Ich stand still und schweigend da, die Hand auf der Mähne von Bess, und überlegte, was ich als Nächstes tun sollte. Während ich das tat, öffnete sich Stollivers Haustür, und er und seine Jungs gingen zum Zaun hinaus, wo sich der alte Mann seine Pfeife anzündete. Dann hörte ich, wie das

Pferd und sein Reiter wieder die Straße vom Schlagbaum zurückgekommen sind. In einem weiteren Augenblick hatte der Reiter angehalten und begonnen, mit Stolliver zu sprechen.«

»Ich habe mit atemloser Aufmerksamkeit zugehört und jedes Wort des Gesprächs verstanden, das sich auf mich bezogen hatte. Ich hatte befürchtet, dass Bess wiehern oder auf dem Boden herumtrampeln würde, wodurch die Aufmerksamkeit der sich Unterhaltenden auf meinen Aufenthaltsort gelenkt worden wäre.«

»Wie es aber mein verfluchtes Schicksal wollte, machte die Stute keinerlei Anstalten, sich zu zeigen, und ich war durch die Dunkelheit als auch durch das Laub des Kirschbaums, unter dem ich stand, völlig verborgen.«

»Der Reiter war, wie du wahrscheinlich weißt, Lapierre, der von dir geschickt worden war, um mich nach Hause zu holen. Dieses Vorgehen deinerseits empfand ich in meiner damaligen Gemütsverfassung als eine Demütigung. Eine komische Sache, wirklich, wenn ich so behandelt werde, als ob ich nicht in der Lage wäre, für mich selbst zu sorgen, und wenn meine eigene Frau Leute schickt, um mich in der Gegend zu suchen!«

»Ich habe schweigend abgewartet, bis Lapierre seinen zweiten Besuch an der Mautstelle abgestattet hatte und nach Hause geritten war. Ich habe weiter gewartet, bis der alte Stolliver und seine Jungs ins Haus zurückgekehrt sind. Dann habe ich die Stute so leise wie möglich die Gasse hinunter und hinter die Scheune geführt, wo wir vor Beobachtung sicher waren.«

»Ich habe mit wahnsinniger Freude darüber gekichert, dass ich Lapierre entkommen war, und habe mich dann für eine bestimmte Vorgehensweise entschieden. Wie der egoistische Schurke, der ich war, habe ich nicht mehr Rücksicht auf deine Gefühle genommen, als wenn du ein Stock oder ein Stein gewesen wärst. Sie sollten nie den Verdacht haben, dass ich dich absichtlich im Stich gelassen hatte, und alle sollten glauben, dass man mich ermordet hat.«

»Nachdem ich meinen Plan gefasst hatte, habe ich die Stute am Rande der Felder entlang geführt, wobei ich, wann immer es nötig war, die Zäune geöffnet und nach dem Passieren wieder sorgfältig verschlossen habe. Ich habe mir einen Weg am hinteren Ende von John Calders Grundstück vorbei gebahnt, und dann so weiter, bis zum Rand des Sumpfs hinter Squire Harrington Anwesen. Bess würde dort in der Nacht keinen Schaden nehmen und bis zum nächsten Morgen sicher genug sein.«

»Ich habe ihr die Trense aus dem Maul genommen, damit sie das Gras fressen konnte, und das Zaumzeug um ihren Hals hängen lassen und so gesichert, dass sie nicht stolpern oder stürzen konnte. Ich habe weit mehr Rücksicht auf sie als auf die Frau meines Herzens genommen. Auch den Sattel habe ich ihr abgenommen, damit sie sich hinlegen und wälzen konnte, wenn ihr danach war. Dann habe ich den Mantel, den ich als Unterlage benutzt hatte, ein kurzes Stück in den Sumpf hineingetragen und ihn in eine Wasserpfütze geworfen. Ich hatte überlegt, ob ich das Ende meines Fingers mit meinem Klappmesser verletzen und meinen Mantel mit dem Blut beflecken sollte, bin aber zu dem Schluss gekommen, dass ein solches Vorgehen unnötig war.«

»Ich wusste, dass du dich über den Mantel wundern würdest, denn du konntest dir sicher sein, dass ich ihn nicht getragen hatte, als ich am Morgen das Haus verlassen hatte. Dann hatte ich mich von der armen Bess verabschiedet, und, so unerklärlich es dir auch erscheinen mag, ich war zutiefst gerührt, als ich mich auf diese Weise von ihr getrennt habe – ich habe ihren Hals umarmt und sie auf die Stirn geküsst. Als ich mich von ihr gelöst habe, war ich, so wie ich glaube, kurz davor, Tränen zu vergießen. Doch kein einziger Gedanke an Gewissensbisse deinetwegen drang in meine egoistische Seele. Ich habe mir einen Weg durch den Sumpf bis zur vierten Konzessionsstraße gebahnt und mich dann über verlassene Felder auf den Weg zum acht Meilen entfernten Bahnhof von Harborough gemacht.«

»Der Mond war aufgegangen, und das Licht schien hell auf dem ganzen Weg, aber ich bin an den Rändern der abgelegenen Felder entlang geschlichen und keinem einzigen Menschen begegnet. Als ich mich dem Bahnhof genährt hatte, habe ich mich auf der dunklen Seite eines alten Schuppens versteckt und auf den ersten Zug gelauert, der dort halten würde. Ich brauchte nicht länger als eine halbe Stunde zu warten. Ein gemischter Zug aus Personen- und Transportwagen kam von Westen heran, und als er einfuhr, bin ich auf die Plattform des vorletzten Wagens gesprungen. Soweit ich weiß, hat mich niemand an Bord gehen sehen. Erst als der Zug sich Hamilton näherte, wurde ich nach meiner Fahrkarte gefragt. Ich gab vor, sie verloren zu haben, und bezahlte den Fahrpreis ab Dundas, wo ich sagte, dass ich den Zug eingestiegen wäre. In Hamilton bin ich ausgestiegen und habe auf den nach Osten fahrenden Expresszug gewartet, der mich dann nach New York gebracht hat.«

XV. Reginald Bourchier Savareen
erfährt das große Geheimnis

Bis hierher hatte Savareen seine eigene Geschichte erzählen dürfen. Ich behaupte natürlich nicht, dass sie mit den genauen Worten, die im vorangegangenen Kapitel wiedergegeben wurden, von seinen Lippen kam, aber um der Kürze und Klarheit willen habe ich es für das Beste gehalten, den wichtigsten Teil der Erzählung in der ersten Person wiederzugeben. Sie wurde mir Jahre später von Frau Savareen selbst erzählt, und ich denke, ich kann mit Fug und Recht behaupten, dass ich den Inhalt ihrer Erzählung mit hinreichender Genauigkeit erzählt habe.

Es ist nicht nötig, die Fortsetzung in der gleichen Weise und mit der gleichen Ausführlichkeit darzustellen. Der Mann entlastete sich selbst mit seinem ehrlichen Auftreten, und er unternahm keinen Versuch, irgendetwas zu beschönigen oder abzuschwächen, was gegen ihn sprach – zumindest für den Teil der Ereignisse seiner Schilderungen.

Er gab zu, dass er nach seiner Ankunft in New York ein Leben wilder Zügellosigkeit begonnen hatte. Er trank, spielte und frönte der Ausschweifung in einem solchen Ausmaß, dass er in weniger als sechs Wochen seine vierhundert Pfund fast aufgebraucht hatte. Er nahm einen falschen Namen an und verzichtete sorgfältig darauf, jemals einen Blick in die Zeitungen zu werfen, sodass er über alles, was sich nach seiner Abreise in der Umgebung seines Hauses ereignet hatte, in Unkenntnis blieb.

Da er des Lebens in der großen Stadt für eine Weile überdrüssig geworden war, zog er für eine Weile nach Süden und wanderte einige Monate lang durch die Südstaaten. Sein Wissen über Pferde ermöglichte es ihm, seinen Lebensunterhalt zu bestreiten und zeitweise sogar Geld zu verdienen; aber seine Neigung zum Trinken gewann immer mehr die Oberhand über ihn und stand seinem dauerhaften Erfolg in jeder Hinsicht im Weg.

Während eines Aufenthalts in einer Taverne in Lexington, Kentucky, hatte er sich in die Tochter seines Vermieters verliebt. Sie war auf ihre Art ein gutes Mädchen und wusste auf sich selbst aufzupassen, aber Mr. Jack Randall ging als Junggeselle durch und schien einige Klassen über den gewöhnlichen Gästen im Lokal ihres Vaters zu stehen. Die Heirat und die darauf folgenden Abenteuer wurden von der unglücklichen Frau selbst während ihres Gesprächs mit Mrs. Savareen in der Amity Street Nr. 77 ausführlich beschrieben.

Der *soi-disant* [sogenannte] Randall entwickelte sich von schlecht zu schlechter, bis er zu der entwürdigten Kreatur geworden war, die seine Frau bei ihrem Weggang aus der Wohnung in der Amity Street im Schein der Gaslampe kurz erblickt hatte.

Die Frau, die sich für seine Ehefrau hielt, hatte ihm später mitgeteilt, dass eine fremde Dame sie besucht hatte und sehr freundlich zu ihr gewesen war, aber sie hatte ihm nichts davon erzählt, dass die Dame aus Kanada gekommen war.

Warum sie sich so zurückgehalten hatte, kann ich nicht mit Gewissheit sagen. Vielleicht lag es daran, dass sie diesem Umstand keine Bedeutung beimaß, nachdem die Besucherin erklärt hatte, die Daguerreotypie stelle nicht den Mann dar, den sie finden wollte. Vielleicht ahnte sie aber auch die Wahrheit und fürchtete, ihren Verdacht bestätigt zu bekommen.

Sie wusste, dass sie nur noch kurze Zeit zu leben hatte, und vielleicht wollte sie ihren letzten Schlaf verbringen, ohne eine für ihren Seelenfrieden abträgliche Entdeckung zu machen. Was auch immer der Grund gewesen sein mochte, sie verschwieg alles, bis auf die Tatsache, dass diese freundliche Dame sie besucht und mit einem kleinen Geldbetrag versorgt hatte, um für sich und das Kind zu sorgen.

Savareen hatte nie erfahren oder auch nur vermutet, dass es sich bei der Dame, die sich um die Bedürfnisse seiner Opfer kümmerte, um seine eigene Frau handelte, bis er von nun bald von dieser Frau selbst die Wahrheit erfuhr.

Für ihn hatte es damals keinen Unterschied gemacht, woher das Geld kam. Er hatte keine Skrupel, einen Teil davon zu nehmen, um für sich und ein oder zwei Faulenzer, die er zu seinen persönlichen Bekannten zählte, einen Drink zu kaufen. Aber es blieb genug übrig, um alle irdischen Bedürfnisse der sterbenden Frau und ihres Kindes zu befriedigen. Das Kleine hauchte innerhalb von zwei Tagen nach dem Besuch von Mrs. Savareen sein Leben aus, und die Mutter folgte ihm eine Woche später ins Grab.

Seitdem fristete 'Jack Randall' ein einsames Dasein in New York und stand am Rande des Verhungerns. Jeden halben Dime, den er irgendwie auftreiben konnte, gab er auf die alte Weise aus. Dann brach seine Gesundheit plötzlich zusammen, und zum ersten Mal wusste er, was es heißt, schwach und krank zu sein.

Schließlich war er gezwungen, sich einzugestehen, dass er im Wettlauf des Lebens völlig verloren hatte, und mit einer tiefen Niedertracht, die jede seiner früheren Taten übertraf, hatte er sich entschlossen, in seiner Not und Verzweiflung zu der Frau zurückzukehren, die er so schändlich im Stich gelassen hatte. Seit er Westchester verlassen hatte, hatte er nichts mehr von ihr gehört, weder direkt noch indirekt; aber er zweifelte nicht daran, dass sie mit dem Lebensnotwendigen versorgt war und dass sie ihm verzeihen würde.

Man kann mit dem verlorenen Sohn mitfühlen, aber wessen Herz ist weit genug, um Mitgefühl für einen verlorenen Ehemann wie diesen zu finden?

Seine Frau hörte ihm geduldig bis zum Ende zu. Dann erzählte sie ihm von der Ankunft von Mr. Thomas Jefferson Haskins im Royal Oak und dem anschließenden Besuch in New York, doch die Erzählung berührte ihn nicht sehr. Die Wiedergabe seiner eigenen Geschichte hatte ihn erneut in einen Zustand äußerster Erschöpfung versetzt, und er war vorerst nicht in der Lage, sich weiter zu bewegen.

Bald darauf schlief er ein, und da er mit ziemlicher Sicherheit nicht vor dem nächsten Morgen erwachen würde, gab es keinen Anlass, weiter auf ihn aufzupassen.

Mrs. Savareen zog sich in ein anderes Zimmer zurück, um eine Weile über die seltsame Geschichte, die sie gehört hatte, nachzudenken, bevor sie sich zur Ruhe begab.

Am nächsten Morgen stellte sich heraus, dass Savareen erschreckend krank war und dass seine Krankheit nicht nur auf Erschöpfung zurückzuführen war. Ein Arzt wurde hinzugezogen, der bald sein Urteil fällte. Der Patient litt an einer Verstopfung der Lunge. Die Krankheit nahm einen raschen Verlauf, und nach einer weiteren Woche lag er weiß und kalt in seinem Sarg, und die Narbe auf seiner Wange zeichnete sich wie ein großer bleicher Grat auf einem Raureiffeld ab.

*****

Meine Geschichte ist erzählt. Die junge Witwe trug die üblichen Trauerkleider und machte auch alles mit – 'das Drumherum und die Klagen des Leids' – die der Brauch unter solchen Umständen vorschreibt.

Man kann davon ausgehen, dass sie aufrichtig den Verlust des Ideals ihres frühen Lebens betrauerte, aber es war sicher zu viel erwartet, dass sie von der Trauer über den Tod eines Mannes überwältigt werden würde, der für sie seid Jahren praktisch tot und dessen Unwürdigkeit ihr erst kürzlich so unmissverständlich vor Augen geführt worden war.

Ihr weiteres Schicksal wird den Leser nicht mehr besonders interessieren, aber es kann nicht schaden, zu erwähnen, dass sie immer noch Witwe ist und derzeit mit ihrem Sohn – einem wohlhabenden Anwalt – in einer der wichtigsten Städte Westkanadas wohnt.